KB078467

무한
레벨업

현윤 퓨전 판타지 소설

FUSION FANTASTIC STORY

# 무한 레벨업 4

현윤 퓨전 판타지 소설

초판 1쇄 찍은 날 § 2016년 7월 6일
초판 1쇄 펴낸 날 § 2016년 7월 13일

지은이 § 현윤
펴낸이 § 서경석

편집책임 § 최지원

펴낸곳 § 도서출판 청어람
등록번호 § 제387-1999-000006호
등록일자 § 1999. 5. 31
어람번호 § 제1-2475호

주소 § 경기도 부천시 원미구 부일로 483번길 40 서경B/D 3F (우) 14640
전화 § 032-656-4452 팩스 § 032-656-4453
http://www.chungeoram.com
E-mail §chungeorambook@daum.net

ISBN 979-11-04-90881-1 04810
ISBN 979-11-04-90768-5 (세트)

무한 레벨업

**4**

현윤 퓨전 판타지 소설

FUSION FANTASTIC STORY

도서출판 청어람

# 목차

# 제1장
드래곤의 무덤

아펠트 군도의 지하.

똑똑.

물방울 떨어지는 소리가 하진의 귓전을 울리고 있다.

드래곤의 전령은 하진을 데리고 군도의 지하에 있는 드래곤의 재단으로 향하는 중이었다.

그녀는 하진에게 자신의 정체에 대해서 설명했다.

─저는 물의 정령왕 에시드란입니다. 세계수의 열매였지요.

"정령왕이라……."

─숲의 종족 엘프들은 정령과 계약을 맺습니다. 4대 원소 정령들은 물론이고 이 세상의 모든 것에는 정령이 깃들어 있

습니다. 엘프들은 그들을 불러내어 정령이 가진 능력을 함께 공유하게 됩니다. 에이션츠 드래곤 쿠르드 님 역시 정령과 계약을 맺었습니다.

"드래곤과 엘프는 한줄기의 종족입니까?"

─아니요, 드래곤은 중간계의 조율자입니다. 그들은 마법과 체술, 정령술을 마음껏 부릴 수 있는 종족입니다. 그가 소환한 정령은 정령계의 최상위 존재인 영적인 존재, 바로 정령신이었습니다.

"신과 계약을 한 종족이라니……."

─그는 정령신과의 계약으로 모든 정령을 불러낼 수 있게 되었습니다. 그리하여 저는 정령신의 신하로서 그의 계약자인 쿠르드 님의 전령이 된 것입니다.

"그렇군요."

물의 정령왕 에시드란에게서 풍겨오는 기운이나 인터페이스 내 측정 시스템의 수치는 인간으로선 절대로 불가능한 그것을 나타내고 있었다.

하진은 그녀가 스스로 복종을 선택할 만큼 강력한 종족은 과연 어떠한 존재인지 궁금해졌다.

잠시 후, 두 사람은 드래곤의 재단 앞에 멈추어 섰다.

휘이이이잉!

드래곤의 재단에서는 금빛 아우라가 끝도 없이 뿜어져 나오고 있었다.

하진은 금빛 바람을 머금은 아우라를 피부로 느끼며 재단의 앞으로 조금씩 더 다가갔다.

─그곳이 바로 드래곤의 사념이 담긴 재단입니다. 그분께서 과연 어떠한 생각으로 당신을 선택한 것인지 알 수 있을 겁니다.

"어떻게 해야 합니까?"

─올라가서 누우세요. 그럼 재단이 모든 것을 알아서 할 겁니다.

"알겠습니다."

하진은 그녀의 말대로 재단에 몸을 눕혔다.

스스스스스!

순간 하진의 몸속으로 금빛 아우라가 물결처럼 일어나 심장을 향해 돌진하기 시작했다.

슈아아아아아악!

"허, 허억!"

─무서워하지 말아요. 그냥 그분께 모든 것을 맡겨보세요.

그녀의 말대로 하진은 편안한 마음으로 눈을 감았다.


무한한 아공간의 안.

꿀렁!

하진은 자신의 몸을 기분 좋게 아우르고 있는 금빛 물결에 몸을 맡긴 채 금색의 바다를 유영하고 있었다.

쏴아아아아아!

잠시 후, 그의 앞에 거대한 파도가 일더니 그것은 이내 거대한 날개를 가진 금빛 드래곤으로 변했다.

"반갑군. 이곳까지 온 인간은 그대가 처음이다."

"당신은……."

"드래곤 로드였던 쿠르드다. 나는 드래곤 일족의 대표이며 그들의 수장이었다. 이것은 나의 사념이며, 나와 같은 사고와 능력을 가지고 있지."

쿠르드의 사념은 수면을 부유하고 있는 하진의 곁으로 다가와 함께 수면을 부유하였다.

스스스.

그는 자신의 곁에 누운 하진에게 물었다.

"내가 그대를 부른 것이 좀 의아했을 것이다. 생전 처음 보는 종족의 초대를 받은 것이 당혹스러울 만도 한데, 심신이 아주 굳건한 인간이로군."

"그냥 정령왕을 믿었을 뿐입니다. 그녀에게선 일말의 악의도 느껴지지 않았거든요."

"바로 보았다. 정령은 아무런 이유 없이 인간을 해치지 않아. 아니, 반대로 인간에게 도움을 주고 싶어 하는 존재이지. 정령은 우리 중간계의 친구다. 그들과 친해지는 것이 좋아."

"그렇군요."

쿠르드는 하진에게 목걸이를 하나 건넸다.

"받게."

"이게 뭡니까?"

"나의 레어를 열 수 있는 열쇠일세. 이것이 있으면 나의 생전의 흔적이 남아 있는 둥지의 문을 열 수 있어. 그 안에는 나의 유산이 있으니 마음껏 쓰도록 하게."

"감사합니다."

이윽고 그는 하진에게 반지도 하나 건넸다.

"드래곤 로드의 인장일세. 이것은 자네와 한 몸이 되어 나의 유지를 받을 수 있도록 도와줄 거야."

하진이 반지를 끼우자 그의 심장에 쿠르드의 심장이 자리 잡았다.

두근두근!

"이, 이것은……?!"

"나의 권능과 나의 모든 지식, 용언과 마법이 응축되어 있는 드래곤 하트다. 이것은 자네가 나의 후계자라는 뜻이기도 하지."

"저에게 이런 능력을 주시는 이유가 뭡니까?"

"대륙의 평화. 내가 원하는 것은 우리 드래곤 일족이 이루지 못한 대륙의 평화다."

그는 하진에게 지도를 한 장 건넸다.

"영원한 생명을 가졌다고 알려진 드래곤에게도 종말은 있었다. 내가 3만 년의 인생을 정리하고 영면에 접어드는 바람에 드래곤 일족은 중간계의 조율자에서 방관자로 전락하고 말았다. 그 탓에 지금 대륙은 전란에 휩싸였고 인간들은 타락하여 동족을 잡아서 노예로 만들고 수탈하기에 이르렀다. 타 종족은 이제 모두 사라져 인간들을 피해서 살아가게 되었고, 몬스터와의 공존 역시 깨어지고 말았지."

쿠르드는 5천 년 전, 인간이 처음 중간계에 나타났을 때를 회상했다.

"원래 인간은 이 땅에서 가장 나약한 존재였다. 신체는 약했고 이 세상의 모든 생명들을 두려워하였다. 그래서 우리 드래곤 일족은 그들에게 불을 선물하고 마법을 전수하였다."

"그 이후로 모든 것이 변하였군요."

"그렇다. 인간은 모든 것을 닥치는 대로 파괴하고 수탈을 일삼았지. 적절한 때를 봐서 우리가 인간들을 탄압하긴 했지만, 그들의 비약적인 발전으로 인하여 그마저 쉽지 않게 되었다. 그러던 와중에 내가 세상을 떠나면서 일말의 희망도 사라졌다. 그나마 마법사 이그리스만은 이곳을 지키며 나의 유지를 받들기 위해 애썼지만 그에겐 자제력이라는 것이 부족했어. 그는 결국 동족 인간에 대한 경멸로 인하여 자멸하고 말았지."

그는 아직도 이 땅에 드래곤들과 이종족이 남아 있다고 설명했다.

"숲의 일족과 불의 일족, 죽음의 일족이 아직도 이 땅에 남아 있다. 모두 신의 씨앗에서 태어난 그들은 이 땅에서 생명을 영유할 권리를 가지고 있어. 그대가 이 모든 것을 바로잡아 주었으면 한다."

"제가 그 엄청난 일을 해낼 수 있을까요?"

"그대는 평화의 제국을 세울 왕이다. 의지를 가져."

그는 3천 년 전, 자신이 지금의 하진을 데리고 오기 위해서 한 일에 대해 설명했다.

"나는 그대를 데리고 오기 위해 드래곤의 유물인 황금 상자를 희생시키기로 마음먹었다. 황금 상자는 상상하는 모든 것을 이뤄주는 신묘한 힘을 가지고 있었다. 그대에게로 가기까지 수많은 희생과 고난이 있었지만, 결국엔 그대를 정해진 운명에 따라 이곳으로 데리고 왔다."

"그렇다면 이곳은 제가 생각하는 게임의 세상이 아니라는 소리입니까?"

"내가 말했듯 이곳은 3천 년 전의 내가 황금 상자를 희생시키면서 원래의 운명에서 벗어나게 되었다. 지구와 이곳의 시간은 다르게 흐른다. 그대가 상자를 발동시키면서부터는 3천 년의 시간이 그대의 상상대로 흐르게 된 것이지."

"그렇다는 것은 원래 이곳의 역사에 저의 상상력이 더해져 지금의 세상이 태어나게 된 것이군요."

"그래, 비슷하군. 두 개의 세계선이 합쳐지면서 모든 것이 뒤섞였다. 그대에게 주어진 지금의 힘 역시 상상력이 만들어낸 산물이라고 볼 수 있겠군. 하지만 그 모든 것은 이 세상이 원래 가지고 있던 기반으로 만들어진 것이니 허구가 현실이 된 것이라고만은 볼 수 없다."

"흠……."

그는 하진에게 자신의 뒤를 이을 수 있을지 물었다.

"어떤가? 어지러운 이 세상을 바로잡을 수 있겠는가?"

"당신의 유지를 받들겠습니다."

"좋아, 그렇다면 자네에게 모든 것을 맡기고 난 다시 이곳에 잠들겠네."

이윽고 하진의 눈은 서서히 감겨 또다시 깊은 잠에 빠져들게 되었다.

*      *      *

드래곤의 재단에 들어간 지 이틀이 지나고 나서야 하진은 다시 깊은 잠에서 깨어날 수 있었다.

에시드란이 하진에게 다가와 온화한 미소를 지으며 말했다.

─그분과의 대면은 어떠셨나요? 즐거우셨나요?

"유익한 시간이었지만 조금은 부담이 되는 면도 없지 않군요."

─원래 세상은 능력을 가진 만큼 부담감도 늘어나는 법이죠.

잠에서 깨어난 하진에게 에시드란이 물었다.

―그분께 무언가 전언을 들었으리라 생각됩니다.

"예, 그렇습니다. 저에게 이런 것을 전해주셨지요."

하진이 그녀에게 내보인 것은 드래곤 로드의 인장이었다.

그녀는 하진에게 고개를 숙여 읍했다.

―왕이시여…….

"아직 왕이 된 것은 아닙니다. 그분의 유지를 받았을 뿐이지요."

―그분의 유지는 반드시 이뤄집니다. 의지를 가지세요.

이윽고 그녀가 하진을 안내했다.

―둥지에 대해 들으셨습니까?

"네, 그렇습니다."

―그렇다면 얘기가 쉽겠군요.

그녀는 하진에게 드래곤 로드의 레어로 향하는 길을 일러주었다.

―이제부터 이 아펠트 군도의 지상과 지하, 바다는 모두 당신의 것입니다. 이 안에 있는 재화와 각종 보물 또한 당신의 것이지요. 재단의 아래로 내려가면 로드의 가디언들이 잠들어 있을 겁니다. 그들을 깨우게 되면 막혀 있던 이 섬의 모든 것이 뚫릴 겁니다. 그렇게 되면 당신은 거대한 요새이자 영지를 갖게 되는 셈이죠.

"그렇군요."

─내려가십시오. 저는 이곳을 지키고 있겠습니다.

"예, 알겠습니다."

하진은 그녀의 안내를 따라서 지하실 안으로 들어갔다.


드래곤 로드의 레어로 들어가는 길, 이곳은 황금빛 계단과 금빛 물결이 일렁이는 호수로 이뤄져 있었다.

휘황찬란한 황금 계단을 따라서 아래로 내려가 보니 총 다섯 개의 방으로 통하는 입구가 놓여 있었다.

하진은 그중에서도 가장 화려하고 찬란한 방으로 들어갔다.

찰랑!

그는 방으로 들어서자마자 자신의 발에 무언가 딱딱한 것이 잔뜩 밟힌다는 것을 알 수 있었다.

"으음?"

잠시 후, 방으로 햇살이 쏟아져 들어오면서 그 안의 내용물이 진가를 드러냈다.

째애앵!

"화, 황금?!"

대략 1만 평쯤 되는 방 안에는 황금과 보석이 가득 차 있었는데, 금괴와 금화를 치우고 치워도 그 끝을 알 수 없을 정도로 깊숙한 해자가 파여 있었다.

한마디로 이곳에 있는 금화의 양은 하진이 평생을 헤아려도 다 세지 못할 정도로 많다는 소리였다.

"이, 이런 엄청난 양의 금이라니!"

자신이 고군분투하던 지하에 이렇게 엄청난 양의 황금이 숨어 있었다니, 하진은 너무나 허무한 나머지 실소를 흘렸다.

만약 이 돈을 가지고서 아펠트로 들어왔다면 지금보다 훨씬 더 나은 영지를 꾸렸을 지도 모른다.

하지만 생활이 힘들었던 만큼 군사들의 레벨과 장비가 업그레이드되었으니 아주 나쁜 일만은 아니었다.

이제 그는 황금이 가득 차 있는 방을 나와 바로 옆방으로 향했다.

우우우웅!

잔잔한 마나의 파동이 느껴지는 방 안으로 들어가니 높이 300미터의 거대한 서고가 그 끝을 알 수 없을 만큼 이어져 있다.

하진은 이 안에 있는 책들이 바로 마법에 대한 지식으로 채워진 것이며, 이 중의 절반은 용언과 정령술에 대한 것임을 알 수 있었다.

"대단하군! 그 모진 세월을 견디면서 이렇게 대단한 지식을 쌓아온 것인가?"

쿠르드는 자신이 영원한 삶을 영유할 것이라고 생각하던 시절, 스스로 공허함을 채우기 위하여 엄청난 양의 책과 황금을 모았다.

비록 영원한 삶을 영유하지 못하고 죽어버리긴 했어도 그가 남겨둔 엄청난 유산은 하진에게로 돌아와 대의를 실현시킬 밑거름이 될 것이다.

이제 서고를 나온 하진은 옆방으로 향했다.

이곳에서는 정체를 알 수 없는 향기가 진동하고 있었는데, 그 안에는 각종 몬스터의 심장과 진귀한 약초들로 만든 비약이 가득했다.

이 비약들은 단 한 번의 복용으로 영원히 지속되는 스탯을 획득할 수 있었는데, 아마 이것들을 모두 사용하게 되면 하진은 물론이고 병사들까지 게임 시스템 내에 있던 장수의 능력을 뛰어넘을 것으로 보였다.

"장수로 군대를 꾸린다?!"

천하무적, 이제 하진은 그런 군대를 꾸릴 수 있는 능력을 갖게 된 것이다.

이제 그는 비약으로 가득 찬 약 창고를 떠나 의복과 장신구로 가득 찬 방으로 들어섰다.

이곳에 있는 의복과 장신구에는 강화마법은 물론이고 스킬과 스탯을 올려주는 기능이 내장되어 있었다.

이것을 착용함으로써 한 개인의 능력이 적게는 세 배, 많게는 열 배까지 올라갈 수 있을 것으로 보였다.

하진은 그가 대의를 이루기 위해 준비해 둔 모든 것에 감탄할 수밖에 없었다.

"혜안이 뛰어난 사람이군. 이런 무구들이라니……."

잠시 후 하진은 다음 방으로 향했다.

스르릉!

방에 들어서자마자 말로 형용할 수 없는 강력한 기운이 하진을 맞이했다.

그는 이곳에 있는 무투구가 전부 드래곤의 어금니와 비늘, 가죽으로 만들어졌다는 것을 알 수 있었다.

넋이 나간 채로 무투구를 구경하고 있던 하진에게 아주 밝은 빛을 머금은 검이 스스로 다가왔다.

츠츠츠츠츠!

잠시 후, 검이 내뿜는 밝은 빛이 뇌전으로 변하여 하진의 심장으로 스며들었다.

파밧!

"으윽!"

칼로 심장을 찌르는 듯한 고통이 잠시 하진을 스치고 난후, 그의 눈동자에 금색 마법진이 새겨졌다.

그리고 그가 손을 뻗자, 길이 2.5미터에 두께 1미터의 엄청난 검이 자석처럼 날아들었다.

스스스스슷!

철컥!

검이 하진의 손에 달라붙듯이 쥐어졌고, 그는 그것을 아주 가볍게 휘둘러 보았다.

스룽!

이 엄청난 무게감의 검을 휘두르는데도 하진은 전혀 무겁다는 생각이 들지 않았다.

"마법이 걸려 있는 검인 모양이군."

검을 쥔 하진의 곁으로 갑옷과 투구를 비롯한 각종 무구들이 다가와 알아서 자리를 잡았다.

끼릭, 철컥!

하진은 무구들을 장착한 후에 스탯창을 열어보았다.

[힘 : 501, 체력 : 1,036……]

지금까지 하진이 가지고 있던 스탯들이 열 배가 뻥튀기 되었고, 이것들은 의복들과 장신구들을 착용하면 다시 열 배가 올라갈 것이다.

"템발 제대로 받겠는데?"

이제 하진은 지하실 중앙에 있는 또 다른 계단을 타고 마지막 층으로 내려갔다.

\*        \*        \*

지하실 마지막 층에 도달한 하진은 50개의 영혼석과 마주할 수 있었다.

영롱한 빛을 띤 영혼석은 하진의 동료들과 장수들의 몸에 영혼을 소환하여 전직을 시킬 수 있는 아이템이었다.

이러한 영혼석들 때문에 대륙에선 몇 차례 전쟁이 일어났는데, 이제 보니 그 영혼석들은 전부 이곳에 있었던 모양이다.

하진은 영혼석들을 모두 자신의 심장 안으로 흡수했다.

슈우우우욱!

이제 이 영혼석들로 장수들을 전직시키고 그들의 영혼과 하진 사이에 연결 고리를 만들어 온전한 군신 관계를 맺게 될 것이다.

하진이 영혼석을 흡수하고 나자, 지하실 구석에 고이 잠들어 있던 요정이 깨어났다.

쿠그그그그!

검붉은 날개와 핏빛 눈동자를 가진 요정은 겨우 하진의 손바닥만 한 체구를 가졌음에도 불구하고 엄청난 살기를 뿜어내고 있었다.

ㅡ주군이시여.

"너는……?"

ㅡ피의 정령왕 샤드입니다. 당신이 로드의 인장을 심장에 품는 순간부터 신하가 되었습니다. 앞으로 당신과 당신의 신하들을 이어주는 연결 고리가 될 것이며, 저로 인하여 그들을 컨트롤할 수도 있습니다.

"좋은 시스템이군."

―감사합니다.

그는 하진의 검으로 날아들어 손잡이 부근에 녹아들었다.

스스스스!

[이제 제가 필요하시다면 하명하십시오. 평소에는 당신의 검에 깃들어 적들의 피를 뽑아내 당신의 좋은 기운으로 바꿔 드리겠습니다.]

지금부터 하진이 검을 휘두르게 되면 적들의 피가 족족 흡수되어 체력 포인트와 마력 포인트를 회복시킬 것이다.

하진은 드래곤 레어에서 얻은 것들로 이제 새로운 출발을 계획할 것이다.


하진이 사라지고 난 후, 이틀 동안 아펠트 군도의 사람들은 꼼짝도 하지 않고 그를 기다리고 있었다.

병사들은 제단 앞을 지키고 서서 몬스터들의 습격에 대비하고 있었고, 시민들은 숨을 죽이고 그의 귀환을 손꼽아 기다렸다.

쿠르르르르릉!

순간, 제단의 문이 흔들리며 밝은 빛이 새어 나왔다.

끼이이이잉!

"빛무리가……?!"

잠시 후, 빛무리를 뚫고 하진이 모습을 드러냈다.

콰앙!

그는 금빛 갑주를 입고 있었는데, 갑주의 뒤에는 금색 오라로 이뤄진 거대한 날개가 달려 있었다.

"대, 대장님!"

"모두들 고생 많았습니다. 이제 우리는 더 나은 세상을 향해 나아갈 수 있게 되었습니다."

"다행입니다! 저희들은 대장님이 돌아가시면 어쩌나 하고 걱정했습니다!"

"하하, 그런 일은 절대로 없을 겁니다."

하진은 이제 마을의 중심을 이곳으로 옮기고 성을 짓기로 했다.

"여러분, 이곳은 에이션츠 드래곤 쿠르드 님의 성지입니다! 만약 열강들이 이곳을 차지하게 되면 또다시 피바람이 불 것입니다! 우리는 그것을 막고 새로운 태평성대를 쟁취할 겁니다! 나를 따라서 드래곤의 제국을 일으켜 세웁시다!"

"드, 드래곤이라고?"

그는 검을 한 차례 휘둘러 재단의 바로 앞에 거꾸로 꽂았다.

쿠쿠쿠쿵, 콰앙!

크아아아앙!

하진의 검에 깃들어 있던 용의 영혼이 포효하면서 시민들과 군사들에게 드래곤의 유산이 이곳에 있음을 알렸다.

그러자 백성들이 환호하며 하진의 이름을 연호했다.

"와아아아아아아!"

"가우스트 경 만세!"

이제 하진은 자신의 성을 아펠트로 고치고 가우스트를 이름으로 사용하기로 했다.

＊　　　　＊　　　　＊

지하실에서 얻은 아이템들을 군사들과 장수들에게 보급하고 나니 전력이 대략 50배 이상 올라갔다.

앞으로 어빌리티를 획득하거나 스킬 포인트를 한 포인트씩 올릴 때마다 시너지가 생겨서 지금과는 비교도 할 수 없는 능력이 생길 것이다.

150명의 병사는 이제 자신들의 열 배수와 싸워도 손쉽게 이길 수 있는 전투력을 획득하였다.

하진은 이제 본격적으로 기사단을 꾸릴 때가 되었다고 생각했다.

그는 최측근을 전부 장수로 만들고 기존의 장수들과 함께 2차로 전직시키기로 했다.

하진이 준비한 영혼석을 각각 두 개씩 나누어 받은 측근들은 그것을 삼켜 1차에서 2차 장수로의 전직을 시도하였다.

꿀꺽!

영혼석을 삼키자 하진의 측근들 몸에 무관이나 마법사의

영혼이 깃들어 고대 영웅의 힘을 갖게 되었다.

특히나 네이튼은 검 대신 창을 쓰는 '스피어 마스터'의 영혼이 깃들었고, 화염의 불길을 만들 수 있는 연옥술과 얼음의 폭풍을 만드는 암흑냉기폭풍을 사용할 수 있게 되었다.

그는 드래곤의 뼈와 송곳니를 무기로 사용하면서 적진으로 돌격하는 제1돌격대장의 역할을 하게 될 것이다.

"힘이 넘치는군. 당장에라도 전장으로 나가고 싶어."

"이제 곧 그 소원을 이루게 될 것이다."

그 밖에 테르니온, 엠블라, 레이나, 해리슨, 케레니슨, 가버, 엘린이 전부 고대 영웅의 힘을 얻게 되었다.

특히나 레이나는 대천사의 심장을 가진 성자 가브리엘의 영혼을 갖게 되었는데, 이제 막 10%의 능력을 사용할 수 있게 되었다.

하지만 전 범위 치료마법과 버프 등을 사용하는 그녀의 활약은 앞으로 전투에서 큰 힘이 될 것이다.

하진은 이들로 하여금 각자의 기사단을 꾸리게 하였고, 기사단의 병력을 소집하기 위한 첫 번째 걸음을 떼기로 했다.

그는 그 첫 번째 행보로 헤이슨 제국의 노예 상인들을 습격하기로 했다.

"이제 우리는 병사들의 충원과 영지의 기틀을 단단하게 다지기 위해 인구를 늘릴 것입니다. 그 첫 번째 전략으로 노예 상인들 약탈이 있습니다."

"노예 상인들을 약탈한다……."

"붙잡힌 노예들을 해방시켜 우리의 군으로 흡수시키고 병사로 받거나 영지민으로 귀속시킵니다. 그게 제 전략입니다."

"하지만 가뜩이나 신성 제국에서 이곳으로 병력을 파견한다고 말이 많습니다."

"후후, 그건 걱정할 필요 없습니다."

하진은 그들을 첫 번째 전략으로 넘어가는 교두보로 삼기로 했다.

"어차피 그들은 우리의 적입니다. 배를 약탈하고 그 배를 우리 전함으로 개조하는 겁니다."

"으음, 쉽지 않을 텐데?"

"압니다, 쉽지 않죠. 하지만 우리의 전력이라면 2천, 아니, 3천의 병력과 싸워도 이길 수 있습니다. 그 정도 배를 나포하는 일쯤은 아무것도 아니죠."

장수들이 하진의 의견에 동조했다.

"좋습니다, 찬성입니다."

"나도 찬성이오."

"그럼 3일 후, 신성 제국의 함대를 치고 곧바로 헤이슨 제국의 노예상을 타격하기로 합시다."

이제 아펠트 기사단이 본격적으로 움직이기 시작했다.

\*       \*       \*

아케인 왕궁의 아슈펠트 별궁 안.

슈욱, 타악!

과녁을 앞에 둔 에네스가 열심히 활시위를 당기고 있다.

그는 아까부터 계속해서 과녁의 정중앙만을 맞추고 있었는데, 때로는 활시위를 비틀어 활을 휘게 만들기도 하였고 화살의 종류를 바꾸어 과녁을 맞추기도 했다.

대략 한 달 만에 이룬 경지라고 하기엔 그의 활 솜씨는 가히 사냥꾼에 범접할 정도였다.

그럼에도 불구하고 에네스는 하루에 두 시간씩 쪽잠을 자면서 활 솜씨 늘리기에 집중하고 있었다.

그런 그에게 아이린이 다가왔다.

"쿵쿵, 에네스, 오늘도 열심이군요."

"제가 할 수 있는 일이 이것 말고 또 뭐가 있겠습니까?"

그녀는 그에게 서적을 한 권 건넸다.

"또 있어요. 마법을 배우세요."

"마법?"

"듣자 하니 왕궁에 있던 시절에 아주 잠깐 마법사 학교에 다닌 적이 있다고 들었습니다."

"그렇긴 합니다만, 그 실력이 아주 미천합니다."

"괜찮아요, 당신은 마력만 느낄 줄 알면 됩니다. 나머진 이것이 힘을 실어줄 테니까요."

그는 아이린이 건넨 붉은색의 거대한 석궁을 바라보았다.

"이게 뭡니까?"

"듀얼 크로스보우입니다. 석궁으로 쓸 수도 있고 장궁으로 사용할 수도 있지요."

"으음, 신기한 물건이군요."

"신기한 것은 그것의 쓰임새만이 아닙니다. 활시위를 한번 잡아보세요."

그는 듀얼 크로스보우에서 장궁을 빼내어 활시위를 당겼다.

그러자 아주 희미하게 화살 형태의 빛이 시위에 걸렸다.

스스스스스!

"어, 어어……?!"

"이것은 마력으로 화살을 발사하는 신물입니다."

"이걸 도대체 어디서 구하셨습니까? 이건……."

"제 모든 능력을 동원했습니다. 마력을 머금고 있는 한 죽을 때까지 화살이 떨어지지 않을 겁니다. 게다가 일정한 경지에 이르면 마법의 화살이 일반적인 화살과 비슷한 외형을 띤다니 무신들의 의심을 받을 일도 없을 겁니다."

그는 아이린을 꽉 끌어안았다.

"고맙습니다! 반드시 내가 힘을 길러서 당신에게 어울리는 부마가 되겠습니다!"

"그래요, 꼭 그래야지요."

그녀는 에네스에게 출전을 권유했다.

"앞으로 두 달 동안 죽어라 힘을 길러서 전장에 나가세요."

"전장에요?"

"지금보다 훨씬 더 인정받는 사람이 되기 위해선 전장에 나가는 수밖에 없어요."

"왕국에서 과연 저를 받아주겠습니까?"

"부마가 전쟁에 나가는 것은 당연한 일입니다. 아무리 내가 영양가 없는 여자라고 해도 부마는 부마입니다. 장수로서 부하들을 이끄세요. 그리고 전공을 세우세요."

그는 고개를 끄덕였다.

"알겠습니다. 당신을 위해서 반드시 공신의 반열에 오르겠습니다."

"꼭 그래주세요. 난 당신에게 모든 것을 걸었습니다. 그러니 실망시키는 일이 없도록 하세요."

"물론입니다."

에네스는 부르튼 손을 부여잡고 다시 연습에 몰입했다.

# 제2장
## 노예, 그리고 해방

동부 해안 북부 지역.

쏴아아아!

신성 제국 해군에 소속된 열 척의 전함이 아펠트 군도를 향해 항해하는 중이다.

빠르게 물살을 가르는 전함의 지하에는 무려 500명이 넘는 노예가 채찍질 당하며 노를 젓고 있었다.

촤락, 촤락!

"노를 저어라! 꾸물거렸다간 배에 불을 질러 모두 다 태워 죽일 것이다!"

"예, 나리!"

전쟁에 동원된 노예들은 어차피 죽을 목숨이었지만, 조금이라도 오래 살기 위해 젖 먹던 힘까지 모두 쥐어짜 냈다.

끼익, 끼익!

벌써 나흘째 잠도 자지 못하고 노를 젓고 있는 그들이지만 이보다 더한 고역에 시달리던 때도 있었다.

어쩌면 전쟁에서 노예의 신분을 벗어던질 수도 있다는 기대감이 있어서 노예들은 죽을 때까지 지치는 줄도 모르고 노를 저었다.

하지만 그런 희망은 그들을 바보로 만들어 버렸다.

"으허어……."

"한 놈 죽었군."

"이놈을 어떻게 할까요?"

"바다에 던져라."

"예!"

노를 젓다가 쓰러져 죽어버린 노예를 마치 짐짝처럼 취급하는 그들의 행동에 노예들은 다시 한 번 좌절하고 만다.

"사람이 또 죽었네."

"이러다가 우리도 모두 다 죽는 거 아닌가?!"

"쉿! 그러다 매 맞아 죽을라."

어차피 노예들은 가축보다 못 한 취급을 받기 때문에 한두 명 죽는다고 신경 쓸 사람은 없을 것이다.

하지만 그들에게 부푼 희망을 안겨준 노예 탈출 제도이니

만큼 사람이 우후죽순으로 죽어나가는 것은 힘을 빠지게 만들기에 충분했다.

그런 그들의 없어진 희망에 불을 붙이는 일이 일어났다.

슈우웅.

어디선가 연달아 25발의 포탄이 날아왔고, 그 포탄은 갑판과 돛대를 모두 다 쓸어버렸다.

쾅쾅쾅쾅!

"크으윽!"

"갑판장님, 적의 공격입니다!"

"이런 빌어먹을!"

"선장님께서 전속력으로 노를 저으라고 하십니다!"

"제기랄, 어서 노를 저어라! 죽기 싫으면 어서 저으란 말이다!"

촤락, 촤락!

"허으윽!"

"사, 살려주십시오!"

"그러니까 저으라는 거다! 모두 다 죽고 싶지 않으면 노를 저어!"

신성 제국군의 사전에 후퇴란 있을 수 없는 일, 만약 그들이 이곳에서 빠져나가지 못하고 적의 포격을 맞는다면 십중팔구 물고기 밥이 될 것이다.

노예들은 미친 듯이 노를 저었고, 배의 속력이 무려 두 배

가까이 빨라졌다.

쏴아아아아아!

"그래, 이렇게 저으란 말이다!"

선장은 갑판 위에 올라서 적의 포격이 어디서 온 것인지 파악하기 위해 무던히도 애를 쓰고 있었다.

하지만 도대체 어디서 이 많은 포탄이 날아온 것인지 도무지 알 수가 없었다.

"귀신이 곡할 노릇이군. 도대체 어디서 포탄이 날아왔단 말인가?"

잠시 후, 갑판으로 또다시 25발의 포탄이 연달아 날아왔다.

콰과과광!

"크허억!"

"선실이 불에 탑니다! 포창이 적의 공격을 받아 유실 위기에 놓였습니다!"

"젠장! 놈들은 정말로 귀신이란 말인가?!"

어느 한 지점만을 노린 포술은 현재의 해상 전투에선 거의 불가능에 가까운 일인데, 지금 이곳으로 날아드는 포탄들은 정확히 지름 5미터의 원을 형성하며 떨어졌다.

마치 포탄을 누가 자석으로 붙여놓기라도 한 듯 한곳으로 몰리는 포탄은 엄청난 위력을 발휘했다.

슈웅, 콰아앙!

"끄아아악!"

"선미가 유실되었습니다! 선장님, 이제는 더 이상 방법이 없습니다!"

"이런, 씨발! 도대체 이런 포술을 사용할 수 있는 사람이 어디에 있단 말이야?!"

지금 신성 제국 함대에 일어나고 있는 이 일은 비단 기함만의 문제가 아니라 전 함대에 걸쳐 똑같이 일어나고 있었다.

하지만 놀라운 일은 거기서 끝나지 않았다.

뿌우!

"거, 검은 깃발?!"

"해적!"

"이런 미친! 지금까지 우리가 해적들에게 이 꼴을 당했단 말인가?!"

"허, 허어!"

"좋아, 이런 미친 해적들! 전부 다 쓸어버리겠다! 전군, 백병전을 준비하라!"

해적선이 빠른 속도로 다가오고 있으니 이제 곧 갑판에서 백병전이 일어날 것이 분명했다.

신성 제국군은 전부 칼과 창을 뽑아 들었다.

챙!

"해적은 오합지졸이다! 놈들을 한 명도 살려두지 마라!"

"와아아아아아!"

아직까진 사기가 드높았지만 그것이 얼마나 갈 수 있을지는 알 수 없었다.

쏴아아아아!

잠시 후, 해적선의 충각이 기함의 측면을 들이받았다.

콰앙!

"크윽!"

"배, 배가 쪼개지려 합니다!"

"뭐, 뭐라?!"

놀랍게도 철갑이 덧대진 기함의 측면이 뚫릴 정도로 충각
은 단단했고, 그 안에선 불이 붙은 화약이 자꾸 쏟아져 나왔
다.

파바바바바바박!

"부, 불이야!"

"놈들이 작정하고 충각에 불통을 매달아놓은 모양입니다!"

"제기랄! 고작 이런 공격에 배가 불타 버리게 되었단 말이
냐?!"

"선장님, 배를 버리고 다른 함선으로 이동하시지요!"

"그럴 수는 없다! 제국군은 물러서지 않는다! 신의 이름으
로 저들을 처단하라!"

"와아아아아!"

신의 가호가 자신들을 지켜줄 것이라고 굳게 믿고 있기는
했지만 그것은 어긋난 믿음이었다.

신은 스스로를 돕는 자를 돕지 이렇게 맹목적으로 신만 믿

고 매달리는 자는 돕지 않았다.

이윽고 흑기를 내건 전함에서 100명의 사내가 쏟아져 나왔다.

"모두 다 쓸어버려!"

"와아아아아!"

그들의 행동은 전광석화 같았고, 일격에 병사 네 명이 쓰러져 버렸다.

촤락!

"크아아악!"

"너, 너무 세다! 선장님, 상대가 되지 않습니다!"

"…상대가 될지 안 될지는 끝까지 싸워봐야 아는 법이다! 놈들은 기껏해야 100명이다! 전부 달려들어 싸워라!"

챙챙!

병장기 부딪치는 소리가 한참이나 들려오던 찰나, 적의 전함에서 한 사내가 뚝 떨어져 내렸다.

부웅, 콰앙!

일격에 갑판이 폭삭 주저앉아 버렸으나, 그는 여전히 아래로 떨어지지 않고 갑판 위에 서 있었다.

"뭐, 뭐야?! 괴, 괴물?!"

"이렇게 멀쩡하게 생긴 괴물도 있나?"

그는 금색 갑옷에서 검을 뽑아 들어 선장의 목을 쳐버렸다.

퍼억!

푸하아아아아악!

사방으로 튀어 오른 피로 목욕을 한 금빛 사내는 빠르게 기함을 정리하고 다른 함선으로 이동했다.

"가자! 모두 쓸어버리는 거다!"

"와아아아아아!"

사기가 하늘에 닿을 듯이 충천한 일당백의 해적들은 차례 대로 열 척의 함선을 점령해 나갔다.


*       *       *


신성 제국의 함대에는 대략 1,300명의 노예가 타고 있었다.

본토에서 출발하여 지금까지 잠 한숨 제대로 자지 못한 채 달려온 그들은 하진이 배를 나포하자마자 잠에 빠져들었다.

한참이나 잠에 빠져들었다가 일어난 노예들은 하진의 제안을 들을 수 있었다.

"우리는 해방군입니다. 노예들을 해방시키고 우리만의 영지로 데리고 가서 자유민으로 만들 겁니다. 원한다면 군에 입대해서 원수들을 쳐 죽일 수도 있고 원하는 만큼 돈을 벌 수도 있습니다. 어떻습니까? 우리가 함께하시겠습니까?"

"돈……!"

"특히나 병사들의 월급은 일반 제국군 병사보다 훨씬 더 많습니다. 아마 우리의 군도에선 충분히 풍족하게 먹고 마실 수 있을 겁니다."

하진의 제안에 노예들은 전부 다 손을 들어 그에게 환호를
보냈다.

"오오, 신이시여! 우리는 당신에게로 귀속될 겁니다! 저희들
을 받아주십시오!"

"앞으로 당신들은 노예가 아닙니다. 누군가에게 희생을 강
요당하지 않을 것이며, 그래서도 안 됩니다. 이제부터 당신들
은 자유 시민입니다."

"와아아아아아!"

노예들의 환호성이 배를 가득 채운다. 하지만 언제까지고
이런 환호성을 듣고 있을 여유는 없었다.

"우리는 본거지로 돌아가 재정비한 후 곧바로 출정할 겁니
다. 만약 군에 입대하고 싶은 사람이 있다면 지금 말씀해 주
십시오. 무기와 함께 1년치 월급을 선지급하겠습니다."

"오오······!"

"각자의 이름을 말해주시고 병사로 지원했다는 문신을 새
기면 됩니다."

엠블라는 마법으로 새길 수 있는 문신 기계를 가지고 자원
한 병사들의 팔뚝에 영지의 문양인 골드 드래곤 문양을 새겨
넣었다.

지이이이잉!

월급 선지급에 의해 마음이 끌린 청년들은 500명, 지금까지

하진이 모집한 인원보다 더 많은 숫자였다.

이제 이들은 간단한 기본 훈련을 받고 곧바로 군에 투입되어 노예해방에 나설 것이다.


이틀 후, 하진의 함대는 아홉 척의 배를 나포하고 1,300명의 해방 노예를 이끌고 귀환했다.

지금 영지는 중앙 정부가 들어설 성을 쌓고 그 안에 병영과 각종 영지의 편의 시설을 만들어내고 있었다.

지금까지 만들어진 영지의 편의 시설과 관청들은 새로 성벽을 쌓고 위성도시의 기능을 하게 될 것이다.

이제 슬슬 늘어날 인구를 골고루 배분하기 위한 아펠트 영지군의 도시계획은 전 군도를 아우르고 있었다.

하진은 새롭게 들어온 시민들을 군도의 중앙 지역으로 이주시키고 이곳에서 한동안 지낼 수 있도록 식량과 일거리를 제공해 주었다.

성곽을 축조하고 신군부를 짓는 일에 동원되는 인부들은 한 시간 작업에 15분 휴식을 원칙으로 하며 하루 일당은 관청에서 근무하는 사람들의 세 배에 달했다.

지금 영지에서 가장 좋은 대접을 받는 사람들은 당연히 군인이고 그다음이 1차 산업에 종사하는 사람들이었다.

건축과 농사는 영지의 기반이 되기 때문에 그들과 기술자들에게 돌아가는 몫은 상당히 많은 편이었다.

관청에서 일하는 사람들에게 돌아가는 재화는 상당히 적은 편이지만 세금을 면제하는 등의 특권을 부여했다.

새롭게 들어온 해방 노예들은 하진이 만들어놓은 이곳이 유토피아라고 생각했다.

그들은 자신들의 동료들이 있는 신성 제국과 헤이슨 제국의 통합 노예시장을 습격하면 안 되겠냐며 청원을 넣어왔다.

"대륙의 동부에 하루에 5천 명씩 거래되는 노예시장이 있습니다. 그곳에는 우리의 가족과 친구들도 있습니다. 물론 칼리어스에서 온 유민도 꽤 있고요."

"칼리어스의 유민들은 우리의 동포입니다. 당연히 구해야지요."

하진이 동부 대륙의 통합 노예시장으로 진격한다고 선언하자, 해방 노예 중 500명이 추가로 입대를 자원했다.

"저희들도 가겠습니다! 가서 친구들과 가족들을 구해오고 싶습니다!"

"좋습니다, 그럼 이곳에서 이 주일간 기본 훈련을 받고 곧바로 작전에 투입하도록 하겠습니다. 그동안 우리는 헤이슨 제국의 노예 상인들을 약탈할 겁니다."

"예, 알겠습니다. 열심히 하겠습니다!"

가족들을 구하겠다는 일념하에 그들의 불타는 훈련이 시작되었다.

　　　*　　　　　*　　　　　*

아케인 왕국 정규군 선봉대의 편성이 있는 날이다.

국 군부의 수장들이 모여 각자 군의 편성을 보고하고 그에 따른 병사들의 배분이 있을 예정이다.

총사령관은 이미 출정 지역에 있기 때문에 참모들이 모든 일의 진행을 도맡고 있었다.

라이너스는 그 현장에 에네스를 데리고 등장했다.

"에네스 백작을 선봉대에 합류시킨다."

"전하……?"

"부마가 참전하는 것은 오랜 전통이다. 그에게 백작군에 걸 맞은 병력을 배속시키라."

"하, 하지만……."

"폐하의 명령이다. 황명을 거스를 셈이냐?"

"아, 아닙니다!"

칼번은 이미 에네스의 운명을 시험하기 위해 그를 선봉대에 포함시키라는 명령을 내렸다.

그는 자신이 좋든 싫든 이미 전쟁에 참전하게 될 운명이었던 것이다.

라이너스는 에네스에게 정예 병력 3천을 귀속시키고 선봉대의 수뇌부에 배속시켰다.

"이제부터 선봉대의 머리는 에네스 백작이다. 모두들 백작을 도와 전투에서 승리할 수 있도록 하라."

"예, 전하!"

이윽고 라이너스는 참모진에게 선봉대 참모장의 지휘봉에 대해 물었다.

"참모장의 지휘봉은 어디에 있나?"

"그것은 원래 이 부대를 지휘하기로 되어 있던 파르스트 자작이 가지고 있을 겁니다."

"파르스트 자작이라… 그는 지금 어디에 있지?"

"총참모부 회의를 마치고 지금 이곳으로 돌아오는 길일 겁니다. 조금만 기다려 주시지요."

"흠, 그래. 잠깐이라면 기다릴 수 있지."

라이너스는 에네스가 이곳을 장악할 수 있도록 못을 박고 돌아갈 생각이다.

아마 파르스트 자작은 자신의 승작을 위하여 무슨 짓을 해서라도 공훈을 세우려 들 것이고, 그것은 참모장 지휘봉을 통해서 이뤄질 터였다.

'놈의 반항이 만만치는 않을 테지. 하지만 네놈과 나는 신분부터가 다른 사람이다. 어쩔 도리가 없다는 뜻이지.'

원래 자신의 권위를 사용하여 누군가를 억누르는 것을 즐기지 않는 라이너스이지만 오늘만큼은 달랐다.

파르스트가 그에게 반항하여 검을 뽑아 들지 않는 이상 참모장의 자리는 바뀔 수밖에 없었다.

잠시 후, 파르스트 자작이 막사 안으로 들어섰다.

척!

"전하께 영광을!"

"그래, 이제 오는군."

"이 누추한 곳까진 어인 일이십니까?"

라이너스는 그에게 황색 두루마리를 건넸다.

"황명이다. 귀관의 참모장 지휘를 에네스 백작에게 인계하고 그대는 후방 참모진으로서 선봉대를 보필한다."

"……?"

"못 들었나? 지휘봉을 넘기고 이곳에 남아 후방을 지휘하라는 뜻이다."

순간, 파르스트의 눈빛에 독기가 어렸다.

"…지휘봉을 넘기라는 말씀이시군요."

"그렇다."

"황명이 그러하다면 당연히 넘겨야지요. 그렇고말고요."

"현명한 선택이다."

파르스트는 에네스에게 지휘봉을 건네며 말했다.

"…중요한 자리입니다. 부디 옳은 결단을 내려주시리라 믿습니다."

"물론이오."

에네스에게 지휘봉을 건넨 파르스트는 되돌아서 막사를 나섰다.

척!

"아케인 왕국에 영광이!"

"살펴 가게."

막사를 나온 파르스트는 참고 있던 울분을 토해냈다.

쾅!

"이런 씨발 놈들! 감히 나에게서 지휘봉을 앗아가?! 이 수치는 반드시 갚아주마!"

그는 주둔지를 떠나 항구도시 카에르로 향했다.


*　　　*　　　*


카에르의 골목길 안.

저벅저벅.

물이 흠뻑 젖은 부츠를 신은 한 사내가 골목길 이곳저곳을 기웃거리며 누군가를 기다리고 있다.

"올 때가 지났는데 안 나타나는군. 하여간 아케인 놈들이란……."

바로 그때, 파르스트가 사내의 앞에 모습을 드러냈다.

"내가 좀 늦었나?"

"자작으로 승작되었다고 하더니 걸음이 많이 무거워졌군."

"…오는 길에 문제가 좀 있었다. 그래서 좀 늦었어."

"문제?"

"우리의 작전 자체가 틀어질 것 같아."

"그게 무슨 소리야? 갑자기 작전이 왜 틀어져?"

"나의 자리에 에네스라는 애송이가 굴러들어 와 자리를 차지하고 앉았다. 이제 참모장은 내가 아니라 에네스 백작이야."

"그게 그렇게 하루아침에 바뀔 수도 있는 문제인가?"

"황명은 절대적이다. 그가 하는 말은 곧 법이야. 거스르는 순간 단칼에 죽을 수도 있지."

"그렇다면 우리의 계획은 어떻게 되는 건가?"

"…놈이 죽지 않는 이상에야 절대로 이뤄질 리가 없는 일인 셈이지."

"빌어먹을. 굴러온 돌이 박힌 돌을 뺀다더니 정말이군."

"하지만 방법이 아주 없지는 않지."

"……?"

고개를 갸웃거리는 사내에게 파르스트가 말했다.

"작전을 바꿔서 당신들이 우리를 쳐서 이기면 된다."

"참모부를 습격하란 말인가?"

"3천 명의 선봉대를 궤멸시키는 것이다. 그리고 그 와중에 에네스를 죽이면 내가 그 자리에 다시 앉게 될 것이다. 그리고 만약 그 난리 통에 그가 극적으로 살아남는다고 해도 지휘권을 잡을 수는 없겠지."

"그렇게 되면 너희 군대의 손실이 꽤 클 텐데?"

"우리? 내가 있어야 우리 군대다. 아무 데나 나를 갖다 붙이지는 말아줘."

"큭큭, 그거야 그렇긴 하지."

사내는 흔쾌히 고개를 끄덕였다.

"좋아, 한번 해보자고. 우리가 네놈들을 대파시키기만 하면 된다는 거지?"

"그렇다."

"야그리 남작이 아주 좋아하겠는데? 자신들의 영지민이 죽는 작전이라며 몇 번이나 투덜거렸거든."

"그에게 있어선 아주 기분이 좋아지는 일이 되겠군."

"그럴 수밖에."

파르스트는 사내에게 금화 주머니를 건넸다.

찰랑!

"작전이 바뀐 데 대한 대가이다."

"어지간히 급하긴 급한 모양이군."

"그래, 급하지. 그러니 일을 확실히 마무리해야 한다. 에네스인지 뭔지 하는 그놈을 잡아다 죽여줘."

"우리가 놈을 죽여야 한다고?"

"내가 그를 죽이려 한다면 군부에서 먼저 눈치챌 것이다. 추후에 이뤄질 조사에서도 분명 빈틈이 생길 것이고."

"그래, 그건 그렇군."

"해줄 수 있겠나?"

"사람 하나 죽이는 것이 뭐 그리 어렵다고. 한 놈도 남기지 않고 군대를 완전히 궤멸시키면 되는 건가?"

"그렇다."

"좋아, 그럼 그렇게 하자고."

사내는 낚아채듯이 금화 주머니를 잡았고, 파르스트는 더이상 미련이 없다는 듯이 돌아섰다.

그는 떠나는 파르스트에게 소리쳤다.

"자네는 이번 전투에 나가지 말도록 해! 다 죽을 전장에서 홀로 살아남는 것도 웃기지 않겠나?!"

"물론이지!"

파르스트는 말을 타고 골목길을 떠나갔다.

*　　　*　　　*

헤이슨 제국 제2의 도시이자 최대의 항구도시인 나르셴으로 하진과 그의 측근 네 명이 잠입해 들어왔다.

하진과 일행은 가버의 지인인 밀수꾼 넥스의 소개로 나르셴의 정보 장사꾼 무소를 만나기로 했다.

무소는 한물간 정보 장사꾼으로 통하지만 그래도 어지간한 정보는 이곳에서 전부 다 구할 수 있을 것이다.

나르셴의 뒷골목 선술집 '나비'로 하진과 일행이 들어섰다.

딸랑!

"어서 옵쇼!"

"나비의 주인을 만나러 왔소."

"누구의 소개로 오셨소?"

"넥스가 보냈소."

"그렇군. 이쪽으로 오시오."

덩치가 거대한 사내를 따라서 술집 안으로 들어가 보니 맥주를 발효시키는 양조장이 나왔다.

사내는 양조장을 지나 오크통을 모아놓은 맥주 창고로 일행을 안내했다.

"들어가 보시오."

"고맙소."

사내에게 은화 한 닢을 건넨 하진은 맥주 창고에 들어가 뭔가를 열심히 만들고 있는 중년 사내를 발견했다.

슥슥슥.

병의 라벨에 맥주의 제조 일자를 기록하는 것 같았는데, 자세히 보면 제조 일자 주변으로 읽기 난해한 글귀들이 마구잡이로 적혀 있다.

아마 이 병에 자신만이 알 수 있는 암호를 적어놓아서 필요할 때 꺼내 쓰는 것이 아닌가 싶었다.

하진은 그에게 말을 걸었다.

"이보시오, 주인장."

"누구시오?"

"넥스가 보냈소."

그는 기다렸다는 듯이 말했다.

"아아, 넥스가 말한 그 영주와 부하들이로군. 반갑소. 무소라고 하오."

"가우스트요."

"가우스트라… 어디선가 그 이름을 들어본 적이 있는 것 같은데?"

"아는 사람은 알고 모르는 사람은 모르는 것이 원래 이 바닥 이치 아니오?"

"후후, 그건 그렇지."

무소는 하진에게 필요한 정보에 대해 물었다.

"그래, 바다 건너 이곳까지 왔다면 필시 뭔가 원하는 것이 있을 터. 무엇이 궁금해서 예까지 찾아온 것이오?"

"노예상 바루투스에 대해서 알고 싶소."

"으음, 그 악랄한 바루투스에 대해서 알고 싶단 말이오?"

"그렇소."

그는 수많은 맥주 통 중에서 가장 아래에 있는 병을 하나 꺼냈다.

"55골드요."

"꽤나 고급 정보인 모양이오?"

"바루투스는 베일에 가려진 인물임과 동시에 자신의 정보가 밖으로 새어나가는 것을 극도로 꺼리는 사람이오. 정보를 판다는 것 자체가 목숨을 거는 일이라고 볼 수 있지."

"뭐, 좋소. 정보라는 것이 원래 부르는 것이 값이니."

드래곤의 레어에 쌓여 있는 돈을 실질적인 가치로 환산하게 되면 나라를 몇 개 세우고도 남을 것이다.

하진은 주머니에서 금화 60개를 꺼내어 그에게 건넸다.

"다섯 개는 수고비요."

"오오, 화끈하군!"

"나는 짠돌이 영주들과는 다르다오."

생각지도 않은 수입을 얻은 무소는 꽤나 인심 쓰듯 병을 하나 더 건넸다.

"자, 받으시오."

"이게 뭐요?"

"바루투스와 직접적으로 관련이 있다고 보기는 힘들겠으나, 대량의 노예가 3군의 보병들과 함께 움직인다는 정보요."

"3군?"

"주로 나르센에서 황도 헤르센으로 노예를 호송하는 군이라고 할 수 있소. 노예무역이 법적으로 금지된 것은 아니지만 고관대작들은 성적인 노리개를 거느리는 것이 하나의 스캔들이기 때문에 뒷골목에서 노예를 사들이고 있소. 원래 3군은 나르센에서 황도로 공물을 운반하는 임무를 가지고 있는데, 그 와중에 노예들을 살짝 끼워 넣어 황도로 데리고 가는 것이오."

"그렇다면 바루투스 역시 그 사이에 반드시 끼어 있겠

구려."

"노예상으로선 거의 첫 번째, 두 번째를 다투는 놈이니 당연히 그렇겠지."

"고맙소. 이런 정보를 나에게 건네주다니."

"뭐, 사실 이 정보는 내가 가지고 있어봐야 그리 썩 좋은 결과는 갖지 못하게 될 거요. 놈들은 정보가 팔리는 것을 목숨을 잃는 것처럼 생각하는 놈들이니 말이오."

"하긴, 노예를 암암리에 거래하는 놈들이 쪽이 팔리는 일을 달가워할 리 없지."

"아무튼 나는 이번 장사에 대해서 아무것도 아는 것이 없는 거요. 아시겠소?"

"물론이오."

그는 하진에게 암호해독 책을 건넸다.

"해당 정보에 대한 암호책이오. 이것을 가지고 두 개의 정보를 해독해서 사용하시오."

"고맙군."

"별말씀을."

이제 그는 다시 맥주의 라벨에 정보를 기입하기 시작했다.

＊　　　＊　　　＊

늦은 밤, 하진은 나르센 영주성에서 공물을 거두어들여 학센 강 유역으로 가지고 가는 3군의 보병 대열을 발견했다.

소달구지와 우마차에 공물을 가득 실은 그들의 주변에는 소총수 500명과 일반 보병 1,000명, 경기병 1,500명이 호위하고 있었다.

"기병이 1,500이라니, 공물의 양이 많기는 많은 모양이군."

"공물이 많기도 하지만 그보다 더 중요한 물건이 있기 때문에 저러는 것 아니겠소?"

가버는 바루투스의 노예들을 해방시키고 난 후 또 한 번 기회가 있기만을 바라고 있었다.

3군의 병사들이 호송하는 노예들이 상당히 많은 데다 그들의 호위 병력을 급습하여 마공소총을 대량으로 획득할 수 있기 때문이다.

헤이슨 제국에서 사용하는 군수품은 시중에서는 거의 구하기가 힘들기 때문에 화공 학자를 포섭하지 않는 이상에야 소총을 더 이상 조달하기는 힘들 것이다.

충분한 훈련만 받는다면 궁수 이상의 전투력을 발휘하는 소총수들의 보유는 지금 아펠트 군도의 입장에선 가장 시급한 문제이기도 했다.

하진은 우선 바루투스를 습격하고 난 후 추후 일정을 조율하기로 했다.

"저놈들, 탐이 나는 사냥감이긴 하군."

"정보에 의하면 강 유역을 따라서 걷다가 대운하를 타고 올라간다니 그때까지 작전이 끝나서 여유가 생긴다면 충분히 습격할 수 있을 것이오."

"좋아, 그럼 한시라도 빨리 할 일을 처리하고 저놈들을 해치우는 것으로 합시다."

하진은 병력을 이끌고 가기 위해 다시 항구로 향했다.

# 제3장
## 노예상 바루투스

나르센 외곽의 거대 저택 '비둘기 둥지'에 딸려 있는 뒷마당으로 100명의 기사가 침투하고 있다.

파바바밧!

드래곤 스킨과 드래곤 본으로 만들어진 장비들이 만들어낸 시너지 효과로 인해 이전의 열 배에 달하는 신체 능력을 갖게 된 기사들은 가뿐한 몸놀림으로 담을 넘었다.

하진은 일제히 벽으로 바짝 붙어 저택의 담벼락을 지키고 있는 호위 병력을 무력화시켰다.

"쏴라!"

펑펑펑!

궁수들은 가이드에로우를 사용하여 호위 병력을 아주 정확하게 사살했다.

삐비비비빅!

가이드에로우는 화살이 목표물을 알아서 추격하는 마법인데, 이것은 목표물이 사라질 때까지 끈질기게 추격하는 특징이 있다.

주로 추격전이나 단일 목표를 상대할 때 사용하는 마법인 가이드에로우는 지금과 같은 침투에서 아주 유용하게 사용된다.

퍽퍽!

"크허억……!"

목덜미를 쏘아 비명을 지르지 못하게 만든 궁수들은 죽어버린 병력을 아래로 끌어내리고 자신들이 스스로 그 자리를 채워 넣었다.

30명의 궁수가 담벼락을 점령하고 나머지 병력이 노예들을 해방시키면 곧장 성문을 열고 기병들이 마차를 가지고 돌입해 올 것이다.

만약 하진이 짜놓은 시나리오대로만 돌아간다면 오늘 작전은 적어도 한 시간 이내에 끝이 날 것이다.

"돌입한다. 모두들 조심하도록!"

"예, 대장님!"

70명의 기사 중 30명은 밖에서 말을 준비하고 있을 것이고,

그들을 제외한 나머지가 직접적으로 침투를 감행하게 될 것이다.

하진은 일명 비둘기 둥지라 불리는 저택의 지하 수로를 따라서 저택의 본관으로 들어갔다.

촤르륵, 촤르르륵!

이곳의 지하 수로는 지하의 암반수를 저택 내부로 순환시키는 역할을 하기 때문에 마음만 먹으면 그 어떤 곳으로든 갈 수 있는 구조였다.

하진은 지도를 펼쳐 이 안의 구조를 파악했다.

"지하 수로를 따라서 위로 3분만 올라가면 곧바로 노예 감옥이 나온다. 그 옆에선 지금쯤 경매를 위한 파티가 열리고 있겠지."

"경비 병력만 죽이고 나면 파옥을 해도 아무도 모를 것입니다."

"그래, 하지만 큰 소리는 되도록 자제하는 편이 좋겠어. 무도회장에도 검을 가진 자들이 꽤 많을 테니까."

"예, 알겠습니다."

만약 여기서 자칫 잘못해서 파옥이 발각되면 3군의 병사들이 미친놈들처럼 달려들 테니 기도비닉을 유지하는 것은 필수였다.

하진은 드래곤의 영혼석으로 만들어진 대검 '드래곤 아이'를 뽑아 들었다.

철컹!

드래곤 아이는 하진이 생각하는 대로 검의 형태가 자유자재로 바뀌는 것이 특징이다.

스르릉, 챙!

오늘의 전투에선 적을 조용히 처리하는 것이 유리할 테니 거대한 대검 대신에 대거와 레이피어의 형태로 싸우는 편이 나았다.

그는 레이피어의 손잡이에 대거가 달린 형태로 드래곤 아이를 변형시켜 전투에 임하기로 했다.

"가자!"

"예!"

파바바밧!

신속하게 수로의 벽을 따라 올라간 하진은 3분쯤 올라가 굳게 닫혀 있는 나무 문을 열었다.

끼이익.

노예 감옥의 전경이 고스란히 드러나는 나무 문 너머의 풍경은 마치 돼지우리를 방불케 했다.

"으윽!"

"냄새가 지독하군요. 짚단 위에 그냥 볼일을 보는 모양인데요?"

"사람을 가축처럼 취급하는군."

"노예상들에겐 젖소나 노예나 매한가지 아니겠습니까?"

"아주 뼛속까지 개자식들이군."

하진은 지금까지 노예들을 대량으로 취급하는 사람을 본 적이 없어서 그 실체가 어떤지 알 수가 없었다.

처음으로 그 광경을 목격하고 나니 속에서 천불이 올라오는 것 같았다.

"…어서 빨리 저들을 해방시키자고."

"예, 대장님!"

하진은 나무 문을 열고 노예 감옥 안으로 들어가 보초를 서고 있는 병력의 규모를 파악하기 시작했다.

슈우우욱, 팟!

공중으로 높이 도약해서 천장에 매달린 하진은 고개를 돌려 감옥 전역을 살폈다.

그의 시야에 들어온 병력은 총 15명, 그중에서 중무장을 한 사내는 10명 남짓인 것으로 보였다.

하진은 수신호로 각자의 위치를 정해주고 그들을 일제히 사살할 수 있도록 명령을 내렸다.

그러자 기사들이 마치 그림자처럼 미끄러지듯이 달려가 보초들의 앞에 납작 엎드렸다.

"지금이다!"

퍽퍽퍽!

촤락!

"크허억!"

"좋아, 단 일격에 제압해 버렸군."

하진은 간수장을 상징하는 완장을 착용한 사내의 허리춤에서 열쇠 꾸러미를 떼어내 그 안의 내용물을 골고루 나누어 기사들에게 건넸다.

"이것을 가지고 문을 열 수 있도록 하게. 그리고 문을 열기 전에 반드시 소리를 내지 않도록 유의시키고."

"예, 대장님."

기사들은 감옥을 돌아다니며 노예들에게 숨을 죽여 따라올 것을 지시했다.

"…떠들면 우리는 다 죽습니다. 이곳을 나갈 때까지 절대로 떠들면 안 됩니다. 아시겠어요?"

"네."

노예들은 자신들을 구출하기 위해서 이곳에 들어온 사람들의 지시에 따라 아주 조용히 입을 닫고 그 뒤를 따르기 시작했다.

하진은 간수장의 열쇠 꾸러미 중에서 두 개쯤 남는 것이 있다는 것을 알 수 있었다.

"이건 뭐지?"

그가 고개를 갸웃거리고 있을 무렵, 한 무리의 여자들이 달려왔다.

"그 열쇠는 우리의 군주께서 갇혀 있는 이동식 감옥의 열쇠입니다."

"군주?"

그녀들은 하진의 물음에 자신들의 머리 언저리를 가리고 있던 붕대를 풀어냈다.

휘리릭!

순간, 하진은 그들의 생김새가 남들과는 다르다는 것을 깨달았다.

"사람이······."

"사람은 사람입니다. 당신들과 인종이 다를 뿐이죠."

그녀들은 하진이 말로만 전해 들은 이종족이 분명해 보였다. 그는 그녀들에게 자초지종에 대해 물었다.

"군주라니, 우리가 모르는 사이에 또 다른 전쟁이 터졌단 말입니까?"

"우리 엘프들은 꽤 오래전부터 인간들에게 사냥당하고 있었습니다. 엘프들의 외모가 인간보다 월등하다는 이유로 노리개처럼 사용하곤 했죠. 우리의 국력은 인간에 비해 워낙 보잘것없어서 이미 천 년 전에 국가가 50개로 분열되어 지금은 부족의 형태로 남아 있습니다. 하지만 500년을 이 땅 위에서 영유할 수 있는 우리 엘프족은 인간에 비해 훨씬 더 긴 수명을 이용하여 반격을 준비하고 있었습니다. 천 년 전, 엘프의 왕도 우드림에서 살아남은 왕녀의 딸을 국왕으로 추대하고 힘을 결집시켜 왕국을 세울 준비가 거의 막바지에 달해 있었습니다. 하지만 왕녀께서 왕으로 추대되기 전에 3군의 군사들이 새로운 우드림을 발견하곤 대대적인 공세를 퍼부었습니다. 그 과정에서 이곳의 노예상 바루투스가 개입하여 여왕님을 납치한 것이고요."

"그런 일이……."

그녀들은 하진에게 피를 토하는 심정으로 말했다.

"이 땅은 온전히 인간의 것이 아닙니다. 그렇지만 인간들은 마치 자신들이 왕처럼 군림하며 이종족을 탄압하고 자신들의 왕국을 넓혀갔습니다. 우리는 그런 인간들의 욕심에 의해 희생된 것이고요."

"안타까운 일이군요."

"당신이 어떤 인간인지는 알 수 없습니다만 최소한 무언가 대의를 위해서 파옥하신다면 그 대의에 우리를 포함시킬 수는 없겠습니까?"

하진은 드래곤 쿠르드가 남긴 유지를 기억해 냈다.

'언젠가는 반드시 이뤄내야 할 대륙의 대통합이다. 지금이 그 시발점이라면 목숨을 걸 수도 있는 문제다.'

그는 엘프들에게 자신의 일정에 대해 설명했다.

"우리는 노예들을 해방시키고 곧바로 3군을 따라서 북진할 겁니다. 그곳에서 그들의 병력을 일부 궤멸시키고 추가로 노예들을 해방시킬 생각이지요."

"만약 그렇게 된다면 우리의 군주를 구할 수도 있을 겁니다."

"좋습니다. 노예를 해방시키면서 당신들의 군주도 함께 해방시키겠습니다."

"감사합니다. 미력하나마 우리가 도움이 될 겁니다. 우리는 몬스터와 대화를 할 수 있기 때문에 숲에 있는 몬스터들을 이끌고 전투에 참가하겠습니다."

"그렇군요. 그렇다면 당신들에게 무기를 지급할 테니 우리를 도와주십시오."

"물론입니다."

하진은 노예들을 데리고 나르센 부두로 향했다.

＊　　　＊　　　＊

늦은 밤, 바루투스의 저택에 머물고 있던 고관대작들이 난리 통에 비명을 지르고 있다.

땡땡땡땡!

"침입자다! 침입자가 나타났다!"

"이런 빌어먹을! 침입자라니?! 이봐요, 바루투스! 이게 무슨 소란입니까?!"

"나갑시다! 잘못하면 신상 정보가 다 털리겠어요!"

"그래요! 갑시다!"

바루투스는 이게 도대체 어떻게 된 일인가 싶었다.

"…일단 잠시만 기다려 주시지요. 어떻게 해서든 일을 마무리할 겁니다."

"귀한 물건이 온다고 해서 지금까지 기다렸더니 침입자나 만나고, 이래서 무슨 장사를 하겠다는 겁니까?"

"죄송합니다! 최선을 다해서 놈들을 추격하고 있으니 곧 좋은 성과가 있을 겁니다."

잠시 후, 바루투스의 부하들이 그에게 다가왔다.

"보스!"

"…놈들은 잡았나?"

"그, 그게……."

"설마하니 아직도 그 조막만한 꼬맹이 몇 명을 잡아들이지 못해서 이 난리란 말인가? 살고 싶지가 않은 모양이지?"

"죄송합니다! 하지만 놈들의 행동이 워낙 신묘하고 말도 안 되는 힘을 가지고 있는지라……."

"말도 안 되는 힘을 가졌다?"

"한 놈은 얼음 폭풍을 만들어내기도 했고 사람을 추격하는 화살을 쏘아대기도 했습니다."

"…마법사?"

"아무래도 그런 것 같습니다. 한데 이상한 것은 그런 마법 사들이 한두 명이 아니라는 것입니다. 적어도 100명 이상의 마법사가 검을 쓰면서 돌아다니는 것 같았습니다."

"마검사?! 놈들은 마검사란 말인가?!"

"예, 그렇습니다. 개중에는 소총이나 머스킷을 사용하는 놈들도 있긴 했습니다만, 마법을 사용하는 것은 틀림이 없었습니다."

마법사 중에는 고도의 집중력을 사용하여 탄환을 만들어 사용하거나 검에 마력을 불어넣어 싸우는 마검사, 마공사들이 존재했다.

이 마검사나 마공사들은 제국 내에서도 그 존재를 찾아보기가 힘들 정도로 드물며, 그들의 가치는 일개 기사는 비교가 안 될 정도였다.

한마디로 저들은 100명의 기사급 병력을 이끌고 다니면서 파옥을 시도하였다는 소리가 되는 것이다.

"젠장, 저런 기사들을 한꺼번에 동원할 수 있는 세력이 과연 얼마나 된단 말인가?!"

"아무튼 지금 북부로 향하고 있다니 조만간 3군에게 잡혀 발본색원될 것이 뻔합니다. 너무 걱정하지는 마십시오."

"그래, 3군이라면 안심이군."

3군은 바루투스와 떼려야 뗄 수 없는 관계를 맺은 집단이니 아마도 이곳에서 탈주한 놈들이 포위망에 걸려든다면 반드시 대파한 후 그 시신을 땅에 묻어버릴 것이다.

그는 다시 연회를 이어나갔다.

"자자, 다들 안심하시지요! 놈들이 3군의 진영으로 향하고 있답니다! 아마 몇 시간 내로 그 목이 다 달아날 겁니다! 그러니 걱정하실 필요가 전혀 없지요!"

"으음, 그래요? 3군이라면 안심이지."

"그나저나 그 엄청난 물건이라는 년, 정말 우리가 위험을 감수할 만한 가치가 있는 겁니까?"

"이 난리 통이 지나가면 손님들께 선보이겠습니다. 단언컨대 손님들이 지금까지 보아온 엘프들과는 차원이 다를 겁니다. 그녀는 엘프 중에서도 고귀한 혈통을 가진 미인입니다."

"엘프들의 여왕? 말로만 듣던 로열 블러드가 이곳에 있단 말입니까?"

"예, 그렇습니다."

순간 주변이 시끄러워졌다.

웅성웅성!

엘프의 왕가는 이미 혈통이 끊어진 지 천 년이 넘었다고 알려져 있지만, 바루투스는 3군이 엘프 왕국을 섬렁했을 때 가장 먼저 그곳으로 침입하여 왕녀만 잡아서 탈출했다.

아마 3군은 로열 블러드에 대해서 자세히 모르고 있겠지만, 바루투스는 그녀가 존재한다는 것을 확신했다.

'후후, 신드롬이 형성될 판이군.'

장사는 신드롬을 일으키는 것이 가장 중요한 법이다.

만약 엘프족 여왕의 등장으로 인해 엘프족의 인기가 조금이라도 상승하게 된다면 지속적인 엘프족 사냥으로 꽤 괜찮은 돈을 벌 수도 있을 것이다.

그는 잔을 높이 들었다.

"자자, 건배하시지요!"

"즐거운 인생을 위하여 건배!"

티잉!

잔을 부딪치는 소리가 사방에서 들려오며 난리가 조금씩 사그라지는 것 같았다.


*          *          *


바루투스의 저택 마당 구석에서 한 남자의 신형이 땅에서 부터 솟아났다.

스스스스!

남자는 검은색 로브를 뒤집어쓰고 있었는데 눈동자와 얼굴, 팔, 다리, 손, 몸통에 이르는 모든 부분에 마법진이 새겨져 있었다.

그는 푸른색 눈동자를 깜박이며 주변을 둘러보았다.

─없어졌나?

잠시 후, 그의 곁에 똑같이 생긴 사내들이 두 명 더 솟아났다.

스스스스!

─여왕이 사라졌다니, 그렇다면 우리의 동맹은?

─…문제가 생길 수밖에.

─데스로드가 노여워하시겠군.

─그렇다면 우리가 병력을 동원하는 것이 옳지 않겠나?

─그러게 말이야. 그나저나 이런 시국에 엘프왕국이 대파되다니, 뭔가 좀 이상하지 않은가? 도대체 누가 우드림의 재건을 알아챌 수 있단 말인가?

─자네의 말에 따르자면 엘프족 내에 첩자가 있다는 소리인가?

─우리 일족에 첩자가 있을 수도 있는 것이고.

─흐음, 만약 그게 사실이라면 일이 좀 힘들어지겠군. 우리의 동맹은 신뢰로써 이뤄진 것인데, 첩자가 있다는 것은 신뢰가 깨어지는 일 아니겠나?

─뭐, 그렇게 생각할 수도 있겠지. 하지만 이런 사건으로 인하여 다시 동맹이 굳건해지는 계기가 될 수도 있으니 너무 나쁘게만 보지 말게나.

─낙관론자인 자네가 보기엔 사태가 그리 나쁜 것 같지는 않은가 보군.

─모종의 세력이 그들을 파옥시킨 것으로 보이네. 자, 잘 보시게.

그는 두 명의 사내를 이끌고 밤바람을 탔다.

휘이이잉!

어둠을 타고 그림자처럼 밤을 달린 세 사람은 한창 전투가 벌어지고 있는 현장을 바라보았다.

쟁쟁쟁!

"암흑냉기폭풍!"

슈아아아악, 쨍쨍쨍쨍!

"크허어억!"

그들의 앞에 거대한 창을 든 사내가 냉기의 폭풍을 흩뿌리고 있는 광경이 눈에 들어왔다.

창의 쐐기 모양처럼 뾰족한 검은색 냉기의 폭풍이 한 번 스치고 지나갈 때마다 바루투스의 호위병 50명이 한꺼번에 죽어나갔다.

그의 엄청난 무위만으로도 판을 뒤집기 힘들 지경인데 활이나 총을 든 자들의 무력 역시 대단했다.

"폭열탄!"

철컥, 콰앙!

총을 든 한 사내는 그 즉시 마력탄에 마법을 부여하여 사격할 수 있는 능력을 지니고 있었는데, 그 탄환은 마치 적들의 사이를 관통하며 굴러다니는 도깨비불을 보는 것 같은 착각이 들게 만들었다.

콰콰콰!

"끄아아아악!"

"불이다! 불을 꺼라!"

얼음과 불의 조화가 사방을 덮치고 있는 가운데, 활을 든 자들은 한 번에 40개가 넘는 화살을 전방으로 쏘아대며 적들을 고슴도치로 만들어 버렸다.

"멀티샷, 준비!"

스스스스!

"발사!"

촤라라라락!

30명이 일렬로 서서 40발의 화살을 한 번에 쏘아대는데, 그속도가 1초에 세 번 발사될 정도로 빨랐다.

한마디로 1초에 120발의 화살이 30명에게서 쏘아지고 있는 것이다.

촤락, 촤락!

"이, 이런 씨발! 도대체 뭐가 어떻게 되어가는 거야?!"

"이대론 모두 다 죽습니다! 차라리 3군을 이곳으로 불러들이는 것이 옳다고 생각됩니다!"

"젠장, 일단 작전상 후퇴다!"

"예!"

100명의 전투 세력이 무려 1천이 넘는 병력을 격파시키고 아주 쉽게 승리를 거머쥐는 모습이다.

밤하늘을 부유하던 그들은 전투 세력 한가운데에서 전장을 지휘하고 있는 자를 바라보았다.

그는 거대한 금빛 대검을 어깨에 걸쳐 메고 있었는데, 그 주변에선 은은한 금빛 오라가 피어오르고 있었다.

세 사람은 동시에 그의 정체에 대해서 간파했다.

—…드래곤?!

―허, 허어! 그 방관자들이 드디어 세력을 일으킨 것인가?!

―내가 뭐라고 했나? 사태가 아주 나쁘지만은 않다니까.

―그래, 정말이군. 그나저나 저 사람이 정말 드래곤이라면 왜 이곳까지 잠입한 것일까? 그냥 정면 돌파를 해도 상관이 없지 않나?

―드래곤인지 아닌지 알 수는 없어. 그래도 저런 놈들이 우리 적의 적이라면 아주 잘된 일 아닌가?

―후후, 적의 적은 친구라는 소리인가?

―그렇지.

―좋아, 그럼 일단 저들이 여왕을 구출해 내는지 지켜보고 그녀가 구출되면 그때 다시 움직이도록 하지.

―그러세나.

이윽고 세 사람은 다시 암흑 속으로 자취를 감추어 버렸다.


＊　　　　＊　　　　＊


순식간에 전장을 정리해 버린 하진은 병력을 이끌고 3군이 주둔하고 있다는 학센 강 유역으로 진군하는 중이다.

지금 하진이 개방시킨 노예의 숫자는 3천 명, 학센 강에 잡혀 있는 3군의 노예들은 500명이다.

그러니까 이번 작전이 성공리에 끝나기만 한다면 하진에겐 적어도 3천 명 이상의 주민이 생기는 것이다.

하지만 한 가지 변수는 그들에게 엘프들의 여왕이 붙잡혀 있다는 것이고, 엘프들은 여전히 세력을 구축하고 있다는 점 이다.

하진은 일단 엘프들의 여왕을 구출하고 대략 300~400명 에 이르는 엘프에게 자유를 줄 생각이다.

만약 그들과 생각이 통한다면 국가를 하나의 영지로 통합 시킬 수도 있을 것이고, 만약 그것도 아니라면 굳건한 동맹국 이 탄생할 수도 있다.

하진의 생각엔 전자보다는 차라리 후자를 선택하여 동시에 양쪽 세력을 일으켜 세워서 평화를 도모하는 것이 낫겠다 싶 었다.

하지만 과연 그들이 어떤 생각을 가지고 있는지는 여왕을 구출해 봐야 알 터였다.

그는 마법으로 메시지를 띄워 다섯 척의 전함을 학센 강 유 역으로 보낼 것을 요청했다.

3군과의 싸움에서 이기고 난 후 곧장 배에 해방 노예와 3군 에게서 노획한 장비들을 실어 이곳을 빠져나갈 생각인 것이 다.

아마 지금쯤이면 전함이 북동부 해안 지역에 접경했을 것 이고, 하진이 신호만 하면 에밀리아가 함포로 지원사격을 해 줄 수 있을 터였다.

잠시 후, 하진에게로 첨병이 도착했다.

"대장님, 전방에 3군의 진영이 보입니다!"

"병력의 규모는?"

"3천쯤 되는 것 같습니다!"

"듣던 대로군."

"하지만 전함의 포위 사격이 함께한다면 충분히 노예들을 해방시킬 수 있을 것으로 보입니다."

지금 하진이 가용할 수 있는 병력은 대략 150명쯤, 거기에 에밀리아의 함포사격까지 가세한다면 승산이 아주 없다고 볼 수는 없었다.

저들을 궤멸시킬 수는 없어도 노예를 해방시킬 수 있는 여건은 충분히 만들 수 있다는 소리였다.

하진은 병사 열 명에게 해방 노예들을 이끌 것을 명령했다.

"모두 배로 승선할 수 있도록!"

"예, 대장님!"

하지만 하진의 명령에도 노예들은 움직이지 않았다.

"우리도 싸우겠습니다!"

"하지만 무기도 변변치 않습니다만?"

"아까 전투에서 창과 검을 얻었습니다. 전부 다 전투에 나설 수는 없습니다만, 무기를 쥘 수 있는 자들만이라도 참여시켜 주십시오! 복수하고 싶습니다!"

하진은 엘프족 전사들을 포함한 500명의 지원자를 바라보았다.

그는 이들의 투지가 적에게 충분한 위협이 될 것이며, 언젠가는 자신의 군대에도 도움이 될 것이라고 생각했다.

"좋습니다. 그럼 전투를 치르지 않는 사람들만이라도 배로 올라가 주십시오. 그곳에서 배를 움직이고 포격전에 참여해 주십시오."

"잘 알겠습니다."

그는 피가 덕지덕지 묻은 무기를 잡은 지원자들을 후방에 배치시키고 때가 되면 자신과 함께 돌격할 수 있도록 편제를 바꾸었다.

원래는 디펜더 출신의 기사들과 함께 돌격하여 전열을 쓰러뜨리려던 하진의 계획이 조금 바뀐 것이다.

하진은 오늘 전투에서 사람이 최대한 다치지 않도록 할 생각이다.

"다들 잘 들으십시오! 오늘의 싸움은 승리를 위한 것이 아니라 상생을 위한 것입니다! 노예의 구출 이후엔 싸우지 않고 이곳을 탈출하는 데 전력을 기울이는 겁니다! 아시겠습니까?"

"예!"

잠시 후, 숲으로 들어갔던 엘프족 샤먼들이 도착했다.

―쿠오오오오!

"오, 오우거?!"

"세, 세상에! 오우거와 트롤, 오크들까지?!"

"말씀드렸을 겁니다. 우리는 몬스터와 대화를 나눌 수 있다고요. 샤먼들은 그에서 조금 더 발전하여 몬스터들을 길들일 수 있습니다. 몬스터의 뇌파를 마음대로 조종할 수 있는 마법을 사용할 수 있기 때문이지요."

단 20명의 샤먼이 끌고 온 몬스터의 숫자는 무려 500마리가 넘었다.

이 중에서 오우거, 트롤과 같은 몬스터는 인간의 화살이나 마공소총으론 한 마리 잡기도 어렵기 때문에 막상 전투가 벌어지게 되면 하진의 기사단보다 그들이 훨씬 더 큰 활약을 펼칠 수도 있을 터였다.

그는 든든한 아군을 얻어 한결 마음이 가벼워졌다.

"좋습니다. 이 정도 병력이라면 저들의 궤멸까지 생각해 볼 수도 있겠군요."

"와아아아아아!"

스르릉!

하진은 거대한 대검을 어깨에 걸쳐 멨다.

척!

"전군, 진군을 시작하라!"

"예, 대장님!"

쿵, 쿵, 쿵!

더 이상 기도비닉을 유지할 필요가 없어진 하진은 대놓고 전군의 북까지 울리며 3군을 향해 나아갔다.

                    *         *         *

  헤이슨 제국 제3군 사령부가 주둔 중인 학센 강 하류 지역.

  쿵, 쿵, 쿵!

  "진군의 북소리인가?"

  "예, 사령관님."

  "후후, 미친놈들이군. 도대체 우리가 누구인 줄 알고 싸움을 걸어온단 말인가?"

  "노예들을 해방시키는 과정에서 아주 강력한 전투력을 보였답니다. 아무래도 그러한 전과를 토대로 근거 없는 자신감을 갖게 된 것이 아닌가 싶습니다."

  "하하, 멍청한 놈들이군!"

  "어떻게 할까요? 성체에서 나가 저들을 맞이할까요?"

  "당연한 일 아닌가? 성체를 지키는 병력 500명을 남겨두고 전 기병을 다 출격시킨다."

  "예, 알겠습니다!"

  제3군의 기병대는 공격과 기동에 있어서 가히 헤이슨 제국 최강이라는 명성을 가지고 있기 때문에 3군 기병대의 사기는 독보적이라고 할 만한 수준이었다. 3군 사령관 나르히트 남작은 학센 강 성체의 문을 열고 나와 기병대를 이끌었다.

  "기병대는 나를 따르라!"

  "와아아아아아!"

그는 적이 진군할 것으로 보이는 학센 강 유역 수풀 지대 앞을 지키고 서 있었다.

아마도 이곳으로 적들이 튀어나올 것이니 그때를 노려 궁수들로 하여금 응수하고 때에 맞춰 진격만 해도 저들은 금방 궤멸될 것이다.

쿵, 쿵, 쿵!

진군의 북소리가 슬슬 더 가까이 다가오는 것이 느껴졌다.

"전군, 전투 준비! 궁수들은 발사를 준비하라!"

"궁수, 발사 준비!"

꽈드드득!

300명의 궁수가 활시위를 당겼고, 이제 전투 지시만 내리면 개전이 이뤄질 것이다.

찰나의 순간, 나르히트 남작군의 얼굴에 긴장이 스쳤다.

꿀꺽!

"아직, 아직이다! 준비……!"

궁수들이 전방을 뚫어져라 쳐다보고 있을 때, 드디어 적군이 그 모습을 드러낸다.

쿵쿵쿵!

하지만 어처구니없게도 그들의 앞에 모습을 드러낸 것은 500마리의 거대한 몬스터였다.

─쿠오오오오!

"오, 오우거?!"

"빌어먹을! 오우거와 트롤 등등 몬스터가 대거 등장했습니다!"

"이힝힝힝!

"으으윽! 낙마입니다!"

말들은 몬스터의 괴성에 놀라 병사들을 땅바닥으로 떨어뜨렸고, 전열은 순식간에 무너져 내리기 시작했다.

그 틈을 타 후방에선 엄청난 숫자의 화살이 날아왔다.

슝슝슝!

퍽퍽퍽!

"크허어억!"

"제기랄, 응수하라! 궁수들, 후방으로 응사한다!"

"예, 사령관님!"

핑핑핑!

병사들의 화살이 어둠 속으로 날아갔으나, 적들이 화살에 맞았는지 안 맞았는지는 확인할 길이 없었다.

그들은 지금 숲속에서 화살을 높이 띄워 사격하고 있는 것이기 때문에 도대체 어디에 적이 있는지 알아낼 수 있는 길이 없었던 것이다.

"사령관님, 계속 사격합니까?!"

"…빌어먹을!"

"이대로 계속 가만히 있다간 괴물들의 먹이가 될 뿐입니다!"

바로 그때, 숲의 입구 측면에서 적의 보병들이 쏟아져 나왔다.

"와아아아아!"

"죽여라! 모조리 죽여라!"

"흐어어업!"

콰아앙!

거대한 대검을 든 사내가 공중으로 높이 뛰어올라 바닥을 내려치자 땅이 갈라지면서 금빛 불길이 튀어 올랐다.

끼이이이이잉, 화르르륵!

"끄아아아악, 끄아아아악!"

"부, 불이다! 불을 꺼라!"

"대장님, 불이 꺼지지 않습니다!"

"내, 내 얼굴, 몸통! 끄아아아악!"

물로는 끌 수 없는 불길이 병사 50명에게 옮겨 붙어 진영이 완전히 흐트러져 버렸고, 선두 열은 거의 와해되어 버렸다.

"제기랄! 뭐가 어떻게 돌아가는 거야?!"

"사령관님! 후퇴를 명령해 주십시오! 이대론 그냥 저놈들의 먹이가 될 뿐입니다!"

"빌어먹을, 전군 후퇴다! 후퇴하라!"

사령관의 후퇴 명령이 떨어지자, 병사들은 병장기를 버리고 미친 듯이 달리기 시작했다.

"사, 사람 살려!"

"도망쳐! 빨리!"

적군은 그런 그들에게 추격 화살을 쏘아댔다.

핑핑핑!

"크허억!"

"화, 화살이 사람을 따라와?!"

"이런 씨발! 이건 꿈이야! 말도 안 되는 일이라고!"

미친 듯이 달려 성체 인근까지 달려온 병사들은 성체의 문을 열고 꾸역꾸역 몸을 밀어 넣었다.

그들은 성체 안으로 들어온 것이 끝이라고 생각했으나 그것은 시작에 불과했다.

슈웅, 콰앙!

"크으윽!"

"강변에서 적의 포화가 쏟아집니다!"

"뭐라?!"

"함포의 사거리가 이곳까지 닿기 때문에 잘못하면 성벽이 무너질 수도 있을 것 같습니다!"

"적의 규모는?"

"거대 전함 다섯 척입니다!"

"제기랄, 앞에선 괴물들이 지랄이고 밖에선 함포가 말썽이군!"

"지상군 사령부에 파병을 요청해야 합니다! 이대로는 일주일을 버티기도 힘들 겁니다!"

"…날벼락이군. 하필이면 제1의 항구도시에서 이게 무슨 꼴이란 말인가?!"

"사령관님, 어서 명령을……!"

"좋아, 전령을 보내어 본진을 이곳으로 불러들인다!"

"예!"

그는 이를 악물었다.

"버티는 거다! 그때까지 버텨서 우리가 저놈들에게 복수하는 것이다! 끝까지 버텨라!"

"예, 사령관님!"

병사들은 결사 항전을 약속했으나, 과연 그들의 사기가 얼마나 갈지는 의문이었다.

# 제4장
## 엘프 여왕 엘레니아

하루아침에 격전지가 되어버린 나르센 외곽 학센 강 성체 안.

쿵쿵쿵!

"마마, 아무래도 전쟁이 일어난 것 같아요! 동맹이 우리를 구하러 온 것일까요?"

"글쎄요, 그들이 이렇게 성급하게 움직일 리가 없습니다. 우리와 약속한 시일까지 병력을 충원시키고 영토를 확보하자면 시일이 꽤 걸릴 겁니다. 그리고 사막 지역에서 이곳까진 꽤 오랜 시간이 걸릴 테니 병력을 파견하는 것은 있을 수 없는 일이죠."

"그렇다면……."

"제3의 세력이 개입한 것이 확실합니다."

엘프족의 마지막 왕족 엘레니아는 인간들과의 결전을 준비하느라 자주 성 밖을 돌아다녔다.

동맹국인 두 개의 이종족 왕국과 손을 잡고 인간들의 폭정에 대항하려던 것이다.

하지만 그녀의 뒤에 인간의 추격자가 붙었고, 그녀를 추격하여 엘프족 왕성을 공격하였다.

그녀는 자신 때문에 나라의 기틀이 깨졌다고 한탄했다.

"…제3의 세력이 등장했어도 동맹국들의 신뢰는 이미 깨져버렸을 겁니다. 전부 나 때문에 틀어진 겁니다."

"그런 말씀 마세요. 그나마 여왕님께서 없었다면 우리는 지금까지 살아남을 수도 없었을 겁니다. 마마는 우리의 희망이자 전부입니다."

비록 나라가 망하긴 했지만 엘프들의 끈질긴 집념은 왕가를 다시 일으키겠다는 굳은 의지로 바뀌었다.

만약 엘레니아가 없었다면 엘프들은 자신들의 나라를 다시 일으킬 생각은 하지도 못했을 것이다.

쿵쿵쿵!

끝도 없이 쏟아지는 포화에 불안함이 가중되는 가운데 감옥 문이 열렸다.

철컹!

"…다 죽여라!"

"예!"

"뭐, 뭐 하는 짓입니까?!"

"네년들 때문에 우리가 다 죽게 생겼다! 네년들 때문이다! 모두 다 죽여서 아예 화근을 없애 버려라!"

"예!"

"시간은 충분하니 한 년도 살려두지 마라! 본진에서 이 사실을 알게 되면 우리를 가만히 내버려 두지 않을 것이다!"

"예, 사령관님!"

아무래도 사령관이 자신의 추태를 감추기 위해 노예들을 학살하려는 모양이다.

그녀는 눈을 질끈 감았다.

"이렇게 허무하게 부흥의 불길이 사그라지는 것인가?"

"마마, 저희들이 지키겠습니다!"

이곳에 함께 잡혀 있던 엘프들이 그녀의 앞을 막아섰고, 병사들은 그녀들의 몸에 활시위를 겨누었다.

쫘드드드득!

"잘 가라! 마지막으로 한번 놀아주지 못한 것이 한이구나!"

"…닥쳐라!"

"쏴라!"

핑핑핑!

화살이 날아가 그녀들을 맞추려는 바로 그때였다.

콰앙!

"크허억!"

"뭐, 뭐야?!"

"쓸어버려!"

"와아아아아아!"

사람의 몸통보다 훨씬 더 큰 대검을 들쳐 멘 사내가 엘레니아 일행의 몸에 화살을 쏘려는 사내들을 단 일격에 날려 버렸다.

부웅, 콰앙!

"끄아아아악!"

"버러지 같은 놈들, 인간이 인간을 노예로 부리다니! 죽어서도 그 죄를 다 갚지 못할 것이다!"

그의 눈에선 금빛 오오라가 뿜어져 나왔고, 그것은 전설로만 전해져 오는 그것과 비슷한 느낌을 자아냈다.

'드래곤?! 아니야, 그런 방관자들이 이곳까지 왔을 리가 없다! 그렇다면 저자는⋯⋯.'

잠시 후, 그는 엘레니아에게로 다가와 손과 발을 묶고 있는 족쇄를 풀어버렸다.

까앙!

"자, 빨리 이곳을 나갑시다! 이런 골방에 오래 처박혀 있다보면 없던 병도 생길 겁니다."

"⋯누구십니까? 누구인데 우리를 돕는 겁니까?"

"당신들의 적과 우리는 원수지간입니다. 그럼 대답이 되겠지요?"

그녀는 이 사람들의 정체를 알 수는 없었지만, 그렇다고 이곳에 언제까지 처박혀 있을 수는 없다고 생각했다.

"좋습니다. 당신을 따르겠습니다."

"어서 갑시다. 당신의 동포들이 기다리고 있어요."

엘레니아는 의문의 사내를 따라서 감옥을 나섰다.

*       *       *

하진은 3군과의 전투에서 승리하였고, 전의를 상실한 적병들은 놓아두고 성에 적재되어 있는 식량과 무기, 군수물자들을 전부 털어서 배에 실었다.

그는 이곳으로 보병 사령부의 병력이 들이닥치기 전에 탈출하여 바다로 나아가기로 했다.

"에밀리아, 전속력으로 배를 움직여 이곳을 빠져나간다."

―예, 알겠습니다.

다섯 척의 배에 사람과 물자를 가득 실은 하진은 전속력으로 강변을 빠져나와 바다로 나아갔다.

만약 이곳에서 헤이슨 제국의 해군과 맞닥뜨리게 된다면 낭패지만, 지금 이 시간에 다섯 척의 함대를 상대할 수 있는 군사는 별로 없을 것이다.

하진은 서쪽으로 배를 몰아가는 동안 엘레니아에게 자신을 소개하였다.

"저는 아펠트 군도에서 온 가우스트라고 합니다. 당신은?"

"저는 우드림에서 온 엘레니아라고 합니다. 엘프족의 연합을 이끌고 있지요."

"말씀은 많이 들었습니다. 이제 곧 국가가 일어나 해방 전선을 구축하실 것이라고요?"

"동맹국이 두 개 있습니다. 그들과 연맹을 맺는다면 충분히 해방 전선에서 승리할 수 있을 겁니다."

"동맹국이라? 하나는 불의 종족인 드워프일 것이고, 또 하나는 어디인지 알 수 있습니까?"

그녀는 고개를 가로저었다.

"아직까지 우리의 연합체가 아닌 다른 사람에게 그들의 정보를 노출시킬 수는 없습니다. 그들과 신성 제국은 상극이기 때문에 잘못하면 큰일이 벌어질 겁니다."

"으음, 그렇군요. 알겠습니다. 그렇다면 무리해서 알아내려하지 않겠습니다."

"고맙습니다."

하진은 자신들 말고도 제국주의자들에게서 독립하려는 이들이 있다는 것에 큰 희망을 갖게 되었다.

그는 엘레니아에게 동맹을 제안했다.

"우리와 동맹을 맺는 것이 어떻습니까? 아직까지 우리는 왕국의 단계는 아닙니다만, 당신들에게 큰 도움이 될 겁니다."

"당신이 보여준 그 무위는 엄청난 것이었습니다. 하지만 우리의 신뢰는 하루아침에 쌓을 수 있는 것이 아닙니다. 연합군 회의에서 논의하여 결정하겠습니다."

"이해합니다. 이렇게 단시간 내에 연맹을 맺을 수 있다면 신뢰도도 떨어지겠지요. 전적으로 동의합니다."

"당신은 조급함이 없는 사람이군요."

"조급함은 영지의 피폐함을 초래할 수도 있습니다. 우리는 어디까지나 안전을 최우선으로 삼고 있습니다. 침착함은 당연한 일이지요."

"그렇군요."

그녀는 하진에게 새로운 우드림의 위치에 대해 설명했다.

"우리는 아펠트 군도에서 북쪽으로 대략 350㎞ 정도 떨어진 지점에 있습니다."

"그렇다면 조타린 해협과 에멘트 공국 사이에 있는 밀림 지역에 당신들의 거점이 있습니까?"

"예, 그렇습니다."

하진은 그녀에게 에멘트 공국에 대해서도 얘기했다.

"에멘트 공국은 우리와 다소 우호적인 관계입니다. 우리는 원래 중앙 대륙 칼리어스 왕국에서 왔습니다. 그곳의 왕녀를 구출해서 외가인 에멘트 공국으로 데리고 갔지요. 칼리어스의 왕비가 아직까지 살아 있으니 에멘트 공국은 우리를 함부로 대하지 못하는 겁니다."

"그런 사정이 있었군요."

"만약 우리와의 동맹이 형성된다면 에멘트 공국과 연맹도 고려해 볼 수 있을 것입니다. 그들 역시 제국주의에 대해 부정적인 견해를 가지고 있으며, 그들과는 숙적의 관계를 유지하고 있기 때문이죠. 얼마 전에도 아케인 왕국군과의 전투에서 승리를 거두었습니다. 우리만의 지역을 구축하고 서서히 제국주의를 혁파한다면 충분히 승산이 있습니다. 최소한 저들의 파상 공세에서 더 이상 우드림이 침공당하는 일은 없겠지요."

"으음……."

"일단 우리 본거지로 가서 우리의 사는 모습을 보십시오. 그 이후에 우리가 당신들에게 줄 수 있는 것을 드리겠습니다."

"그에 대한 대가는요?"

"글쎄요, 그거야 추후에 결정해도 늦지 않습니다."

그녀는 하진이 충분한 호의를 보였다고 생각하면서도 쉽사리 마음을 열지 않는 듯 보였다.

하진은 그녀에게 성급하게 다가갈 생각은 전혀 없었다.

"그럼 편히 쉬십시오. 저는 이만 나가보겠습니다."

"예, 그럼……."

그는 엘레니아의 선실에서 빠져나와 기함으로 향했다.

\*            \*            \*

대헤이슨 제국 중앙 전선 아케인 전진 사령부 막사 안에 참모장 에네스가 들어가 있다.

에네스의 측근이자 그의 참모들이 길게 늘어선 전선의 한가운데를 가리키며 말했다.

"우리 선봉대는 중부 지역 테르나 산맥의 서부를 점령하고 본대가 진입할 수 있도록 하는 역할을 맡았습니다. 참모장께서 작전을 총괄해 주신다면 병사들이 그에 따라 움직이게 될 것입니다."

"흐음, 그렇군."

이곳에 처음으로 들어온 에네스이지만 중앙 대륙 전선은 원래 그의 안방이나 마찬가지였다.

동포들이 살던 곳을 전장으로 만든다는 것이 마음에 걸리긴 했으나, 만약 하고자 한다면 누구보다 전술을 잘 운용할 수 있을 것이다.

그는 자신이 아는 모든 지식을 총동원하여 전략을 구사했다.

"테르나 산맥은 산세가 험준하고 동쪽에서 서진하는 것이 생각보다 힘든 지형이다. 그 때문에 고지전은 되도록 피하고 테르나 서부 지역의 능선을 길게 연결하여 켜켜이 방어선을 구축하는 것이 옳을 것이다."

"그렇게 되면 본대가 진군할 구석이 없어집니다만?"

"본대가 진군하는 지역은 서부가 아니라 남부가 되어야 한다. 테르나 산맥의 남쪽은 아렌델 강과 에프나 호수가 자리 잡고 있는 데다 대부분이 평탄한 지역이기 때문에 이곳을 통한다면 보다 쉽게 적진을 뚫을 수 있을 것이다."

"하지만 지금 남부로 걸음을 돌리면 전선을 뚫고 들어가는 데 더욱 많은 시간이 걸릴 것입니다."

"시간이 더 많이 걸린다고 해도 병력의 손실을 줄일 수 있다면 손해를 메울 수 있을 것이다."

"흠, 그렇다면 중앙 참모부에 작전이 변경되었음을 알리고 전선을 다시 구축하는 수밖에 없습니다."

"다소 부담이 되더라도 그렇게 하는 편이 좋아. 이곳에서 왕국의 젊은이들을 희생시킬 수는 없지 않나? 이 전선을 뚫는 것은 쉽지 않은 일이다. 반대로 저들이 우리의 전선을 넘어오는 것도 쉽지는 않은 일이지. 그러니 우리가 빈틈을 먼저 노리고 들어가는 것이 낫다. 지금부터 우리는 이곳에 진지를 구축하고 적이 우리의 진영을 넘어오는 것만 응수할 것이다. 적들에게는 내가 참모장을 맡았다고 전하고 당분간 진군할 의사가 없는 것처럼 행동하도록."

"예, 알겠습니다."

에네스의 작전은 참모들을 충분히 설득시켰기 때문에 이것이 중앙 참모부를 거친다고 해도 큰 문제가 될 것은 없다.

다만 현지의 무장들이 에네스의 의견을 제대로 수렴해 줄

지는 여전히 미지수였다.

그는 참모부의 권한으로 군부를 중앙 지역으로 옮기고 병력을 뒤로 돌려 남부로 보내는 안건을 발의했다.

"지금 당장 군부를 테르나 산맥 중앙 지역으로 옮긴다."

"예, 알겠습니다."

"이곳에 남는 병력은 방어에만 집중할 것이고, 중앙 지역은 우리의 군부가 있다는 사실만 알리고 병력은 이곳과 같은 수준만 운용한다. 나머지 병력은 전부 남부로 이동하여 공격에 동원한다. 이것을 예하 부대에 전달하고 지금 당장 시행토록 하라."

"예, 각하!"

에네스의 진두지휘하에 군대가 바쁘게 움직여 테르나 전선을 구축하기 시작했다.

늦은 밤, 선봉대 참모부가 내린 명령에 따라 부대가 중앙 지역을 향해 진군하고 있다.

척, 척, 척!

마차를 타고 중앙 지역으로 이동하는 동안에도 에네스는 각종 병법서를 참고하여 작전을 짜고 있었다.

태어나서 지금처럼 머리를 굴려본 적이 있던가?

에네스는 무려 30시간 동안 잠을 자지 않고 오로지 작전을 짜고 그것에 대한 대항마를 구축하는 데 전력을 다했다.

일방적인 작전 구상은 어디까지나 혼자만의 상상력에서 비롯된 것이니, 이것에 대한 응수를 놓아서 검증을 해보아야 했다.

만약 그래서 별다른 문제가 없고 그에 대한 대안을 제시하기 힘들다면 작전으로서 가치가 있는 것이다.

에네스는 지금까지 총 55개의 경우의 수를 찾아내고 10개의 유효 작전을 구상해 냈다.

이제 그가 병력을 이끌고 남부를 통해 진군하게 된다면 충분히 승리를 거둘 수 있을 것이다.

하지만 문제는 병법을 완성했다곤 해도 군대의 사기나 기후 조건 등이 시시때때로 바뀌기 때문에 언제나 변수는 존재한다는 것이다.

"변수를 최소화할 수 있는 방법이……."

아무래도 걱정이 너무 많아서 잠을 잘 수 없게 된 것 같았지만, 이것은 전쟁이 끝나야만 나을 병이었다.

극심한 불면증에 시달리며 작전을 구상하던 그의 몸이 이내 격하게 흔들렸다.

쿠그그그!

"…무슨 일이냐?"

"죄송합니다! 길이 고르지 않아서 그렇습니다!"

"길이 고르지 않다?"

테르나 산맥의 지형은 험준하지만 마차가 지나다니는 길은 이렇게 울퉁불퉁한 자갈밭이 그다지 많지 않았다.

그는 창문으로 빠끔히 고개를 내밀어 밖의 전경을 살폈다.

"…어, 어라?"

"왜 그러십니까?"

"이 길이 아니지 않느냐? 병사들은 다 어디로 간 것이냐?"

"역시 이 지역에서 태어나 자라서 그런지 눈치가 빠르군."

"……?"

챙!

마차를 몰던 마부가 품속에서 단도를 꺼내들더니 그것을 에네스에게 휘둘렀다.

부웅!

"이런 빌어먹을!"

에네스는 몸을 뒤로 젖혀 누운 후 발로 그의 배를 걷어차 버렸다.

퍼억!

"크허억!"

그는 자신을 덮치는 그를 밀어낸 후 곧장 자리에서 일어나 듀얼 크로스보우를 잡아챘다.

에네스는 어디서부터 일이 꼬인 것인지는 알 수 없으나 지금 당장 본대와 합류하지 않으면 참모부가 길을 잃을 것이라고 생각했다.

"반드시 합류해야 한다! 지금이라면 족히 이틀이면 그들과 함께 갈 수 있을 거야!"

그는 마차에 묶여 있는 말을 한 마리 풀어 힘차게 내달리기
시작했다.

"이랴!"

이힝힝!

땅을 박차고 달리는 에네스의 말을 바라본 자객이 이내 말
고삐를 틀어쥐었다.

"헉헉! 생각보다 끈질긴 놈이로군! 좋아, 오늘 네놈을 아작
내주고 말겠다!"

그는 허리춤에서 뿔 나팔을 꺼내 들었다.

뿌우!

거대한 뿔 나팔 소리가 숲속에 울려 퍼지자, 대략 200명의
사내가 수풀을 뚫고 나왔다.

사사사삭!

"저놈이 에네스다! 잡아라!"

핑핑핑!

"이런 빌어먹을!"

사방에서 쏟아져 오는 화살 비를 피해 말을 몰던 그의 어
깨와 등으로 화살이 날아와 박혔다.

퍼억!

"크억!"

"맞았다! 놈이 맞았다! 쫓아라!"

"잡아라!"

말을 탄 추격대가 에네스를 따라 달려왔고, 그는 아픈 몸을 이끌고 억지로 말을 몰 수밖에 없었다.

다그닥, 다그닥!

"…죽을 맛이로군!"

말이 워낙 거칠게 달리기 때문에 중심을 잡는 것조차 힘든 판국에 상처까지 입었으니 지금 이 정도 버티는 것도 용할 지경이다.

그는 낙마하지 않기 위해 최선을 다했다.

'지금 여기서 떨어지면 죽는다!'

만약 이대로 말에서 떨어지게 되면 과다 출혈로 인해 생명에 지장이 생길 것이며, 몸에 틀어박힌 화살이 어느 방향으로 튈지 알 수가 없었다.

한마디로 지금 그는 몸속에 언제 터질지 모르는 시한폭탄을 매달고 달리고 있는 셈이었다.

하지만 추격대는 그런 그에게 베풀 자비 따윈 애초에 없는 놈들이었다.

"죽여라! 잡을 수 없다면 죽여 버려!"

"예!"

철컥, 타앙!

이힝힝!

"크아아아아악!"

말이 마공소총에 맞아 쓰러지는 바람에 에네스는 전력으로 달리던 말에서 떨어져 바닥에 내동댕이쳐졌다.

빠각!

"끄악, 이런 씨발!"

화살이 뼈와 뼈 사이를 비집고 들어가면서 골수를 긁어버렸고, 그는 상상도 할 수 없는 고통에 사로잡혔다.

하지만 그는 지금 이대로 가만히 서 있다간 꼼짝없이 죽을 것이라는 사실을 잘 알고 있었다.

"허억, 허억! 도망쳐야 한다! 이대로 가만히 있다간 저세상으로 떠나고 말아!"

아픈 몸을 이끌고 걸어가던 그의 앞에 미처 생각지 못한 풍경이 펼쳐졌다.

쏴아아아아!

"포, 폭포?! 빌어먹을, 일부러 이곳까지 나를 몰아넣은 것인가?!"

놈들은 생각보다 치밀하게 에네스를 몰았고, 이제 그는 거대한 폭포가 있는 막다른 골목에 몰리고 말았다.

추격대는 얼마 지나지 않아 에네스가 서 있는 폭포에 도달했다.

"후후, 이제 네놈의 그 끈질긴 생명줄도 곧 끊어지겠군."

"잡아라!"

에네스는 급격한 현기증을 느꼈다.

피잉!

'추, 출혈이 너무 심하다! 이대론 그냥 죽겠는걸.'

그는 병사들의 창이 자신의 심장을 찌르기도 전에 그대로 쓰러져 폭포 아래로 떨어져 내렸다.

휘이잉!

바람을 타고 추락하는 그를 바라보며 병사들이 사납게 소리쳤다.

"이런 제기랄! 저렇게 떨어지면 수색해야 하잖아!"

"죽어서까지 사람 괴롭힐 놈이군."

"하는 수 없지! 모두들 폭포까지 전력으로 달린다!"

"예, 알겠습니다!"

추격대는 또다시 말을 달리기 시작했다.

*     *     *

하진이 해방 노예들을 데리고 영지에 도착했을 때엔 이미 영주성이 절반쯤 완성되어 있었다.

사람들은 하진이 구해 온 양식을 소모품으로 삼아 건축에만 매달렸고, 주민들이 살 수 있는 성곽까지 전부 다 구축할 수 있었다.

시민들은 노예를 해방시키고 돌아온 하진에게 환호성을 보냈다.

"와아아아아!"

"승리했다!"

"가우스트! 가우스트!"

사람들이 그의 이름을 연호하고 있을 무렵, 영주성의 집사장으로 임명된 알프레도가 하진에게로 다가왔다.

"영주님, 온천이 준비되어 있습니다. 이곳을 찾아온 손님들과 함께 사용하시지요."

"사람이 좀 많습니다. 물은 충분하겠지요?"

"물론입니다. 시간이 좀 걸리긴 하겠지만 노천을 즐길 수 있을 만큼은 됩니다."

"좋습니다. 그럼 모두 함께 목욕하러 가지요."

병사들은 자신들을 따라온 해방 노예들을 데리고 온천수가 흐르는 계곡으로 갔다.

"모두들 이곳에서 옷을 벗고 몸을 씻은 다음 목욕탕으로 들어갑시다! 사람들이 공동으로 사용하는 곳이니 되도록 깔끔하게 씻어주시길 바랍니다!"

"오오, 이런 온천이 다 있다니! 얼마 만에 보는 따뜻한 물이야!"

"원래는 빨래를 하는 물입니다만, 사정이 사정이니만큼 좀 봐주시기 바랍니다!"

"가축들과 함께 씻던 것을 생각하면 감지덕지할 지경이지. 안 그렇소?"

"아무렴, 그때보다야 훨씬 나은 지경이지."

"남성들은 이곳에서 씻고 여성들은 칸막이가 있는 공용 빨래터에서 몸을 씻고 목욕탕으로 들어가십시오! 일단 남녀를 구분해서 씻고 식사할 때 다시 만나는 것으로 합시다!"

병사들의 인솔하에 하나둘 옷을 벗고 물에 몸을 적신 그들에게 성의 집사들이 타월과 비누를 하나씩 건넸다.

기름으로 만들어진 비누에는 각종 향료와 허브가 첨가되어 피부를 맑고 투명하게 만드는 효과가 있었다.

여기에 하진이 고안한 타월로 몸을 닦으면 때가 잘 밀려서 그동안 묵은 상처까지 깔끔하게 닦일 것이다.

하진은 대표로 먼저 타월에 물과 비누를 묻혀 잘 비빈 후 그것으로 몸을 닦아냈다.

슥삭, 슥삭!

"어허, 시원하다!"

사람들도 하진을 따라서 바가지로 물을 퍼낸 후 그것으로 몸을 적시고 비누와 타월로 깔끔하게 때를 벗겨냈다.

그러자 여기저기에서 눈물에 젖은 감탄사가 흘러나왔다.

"흑흑, 이게 도대체 꿈이야, 생시야? 너무 행복해서 기절할 것 같아!"

"영주님, 감사합니다! 영주님 덕분에 우리가 살았습니다!"

"별말씀을요. 목욕이 끝나면 시원한 다과나 한 사발 하고 식사하러 가시죠."

"정말이지, 영주님께선 복 받으실 겁니다! 꼭이요!"

"하하, 고맙습니다."

해방 노예들이 깔끔하게 몸을 씻고 대중탕에 들어가 몸을 담그자 사방에서 감탄사가 흘러나온다.

"으허어! 좋구나!"

"이런 탕을 고안해 내다니, 귀족들이나 하는 상상을 하셨군요."

"목욕은 심신의 피로를 푸는 데 좋습니다. 앞으로 자주 이용하세요."

"그래야겠군요."

하진은 해방 노예들과 함께 목욕을 마친 후 마을 회관으로 향했다.

오늘 가지고 온 군수물자들로 일단 식사를 만들고 그것을 배식하여 모두의 배를 채우기 위함이다.

식판에 음식을 퍼 담는 하진의 곁으로 엘레니아가 다가왔다.

"영주님께서 직접 함께 목욕을 하고 식사를 챙기는군요."

"우리 영지의 영주는 그냥 군부와 정부의 수장일 뿐, 특권을 가진 자가 아닙니다. 우리는 누군가가 우리 위에 군림하는 것이 싫어서 이런 영지를 만들었습니다. 그런데도 불구하고 나 스스로가 솔선수범하지 않으면 어떻게 되겠습니까?"

"쉽지 않은 일을 실천하고 있군요. 특히나 인간에게 있어서 권력은 뿌리치기 힘든 유혹일 텐데요."

"나는 나를 막아서는 사람들에게 권력을 휘두를 뿐입니다. 나의 권력은 강력한 힘에서 나온다고 믿으니까요."

그녀는 하진에게 자신들의 영지로 건축 기술과 대장 기술 등을 지원해 줄 것을 요청했다.

"만약 당신들이 우리에게 기술을 전수해 준다면 자유무역권과 동맹을 맺을 기회를 드리겠습니다. 어떻습니까?"

"좋습니다. 당신들의 영지에 성벽을 세워주고 대장간을 설치해 드리겠습니다."

"고맙습니다."

"앞으론 운명 공동체가 될 겁니다. 자주 왕래했으면 좋겠군요."

"물론입니다."

하진과 그녀는 나란히 앉아 시민들과 함께 식사를 즐겼다.

# 제5장
## 공공의 적이 되다

헤이슨 제국과 신성 제국은 최근 들어 자국의 배를 약탈하고 다니는 해적선에게 어마어마한 현상금을 내걸었다.

그들이 내건 현상금은 함선 한 척당 4만 골드, 실로 엄청난 금액이었다.

하지만 그들이 빼앗긴 배와 병사들의 목숨, 노예 등을 돈으로 환산하면 이를 훨씬 앞지르고 있었다.

더군다나 헤이슨 제국은 자국의 제2의 도시 나르센에서 3군이 격파되는 수모를 겪었기 때문에 더욱더 눈에 불을 켜고 이들을 찾아다니는 중이다.

헤이슨 제국 중앙 군부 지하실에 작위가 폐위된 나르히트가 갇혀 있다.

퍼억, 퍼억!

"크허억!"

"바른대로 고하라. 네놈들이 노예를 팔아먹고 호의호식한 것을 이미 알고 있다. 그 노예 중에는 분명 특별한 물건도 있었을 터, 그게 무엇인지 바른대로 고한다면 목숨만은 살려주겠다."

"…나는 모른다고 하지 않았소? 그냥 몇몇 예쁘장한 계집들이 끼어 있었을 뿐이외다."

"어쭈, 여전히 입을 움직일 힘이 남아 있다 이거지? 좋아, 지옥을 맛보게 해주마."

고문관들은 그의 앞에 엄청난 양의 바퀴벌레와 지네, 개미, 사마귀 등을 풀어놓았다.

샤샤샤샤샤샥!

"……"

"자, 그럼 몸에 꿀 좀 발라볼까?"

"…이런 씨발! 아무것도 모른다는데 왜 자꾸 이러는 거요?!"

"그거야 내 알 바 아니고, 나는 내가 궁금해하는 것이 나올 때까지 멈출 수가 없어."

"으아아아아아악!"

온몸을 기어 다니는 벌레들의 소름 끼치는 감촉과 꿀을 뜯어 먹기 위해 그의 살까지 갉아 먹는 기분은 느껴보지 못한 사람들은 결코 이해하지 못할 것이다.

　나르히트는 결국 더 버티지 못하고 입을 열고 말았다.

　"에, 엘프들의 여왕! 엘프들의 여왕이라고 했소!"

　"…뭐라?"

　"엘프들의 여왕이 그곳에 있다고 했소!"

　"그걸 네놈이 어떻게 알지?"

　"우, 우리 3군은 노예상 바루투스의 제보로 엘프들의 군락을 찾아 궤멸시키고 노예들을 사로잡았소! 그 과정에서 바루투스가 엘프들의 여왕을 납치하였고, 우리는 그녀를 호송해 주는 대신 돈을 받기로 했소!"

　"엘프들의 여왕이라… 확실한 건가?"

　"무, 물론이요! 내가 지금 이 와중에 미쳤다고 거짓을 고하겠소?!"

　"으음, 그렇군."

　"이제 다 말했으니 살려주시오! 제발, 제발 살려달란 말이오! 끄아아아아악!"

　그는 나르히트의 몸에 모래를 뿌린 후 그를 지하실에서 끄집어내 개울가로 데리고 갈 수 있도록 했다.

　"놈을 씻겨라. 폐하께 데리고 갈 것이다."

　"예, 부장님!"

　헤이슨 제국의 정보부는 그의 제보로 인하여 조금 바쁘게 움직이기 시작했다.

같은 시각, 헤이슨 제국의 정보부가 노예상 바루투스의 본거지를 찾아왔다.

쾅!

"죄인 바루투스는 황명을 받들라!"

"무슨 일이십니까?"

정보부 부부장 엘리언이 그의 얼굴을 채찍으로 후려갈겼다.

촤락!

"크허억!"

"입 닥치고 황명을 받아라! 그게 네가 살 수 있는 유일한 길이다!"

"예, 알겠습니다."

제국의 정보부는 계급과 신분을 뛰어넘는 황제의 직속 기관으로서, 그들이 임무를 수행하는 과정에서 사람을 죽이게 되면 모든 것이 공무 수행 중의 과실로 인정된다. 이 과실에는 황족을 제외한 모든 사람이 포함되기 때문에 아무리 귀족이나 고관대작이라 할지라도 개죽음을 당할 수 있었다.

그것을 너무나 잘 알고 있는 바루투스는 입을 닫고 바닥에 납작 엎드렸다.

"죄인 바루투스는 황명을 받으라!"

"예, 폐하!"

"죄인은 국법으로 금지된 성노예 무역은 물론이요, 이종족인 엘프 군락을 토벌한 죄를 물어 국법으로 엄히 다스릴 것이다! 지금 당장 이놈을 황도로 압송하여 감금토록 하라!"

"예!"

"자, 잠시만! 나리, 잠시만 기다려 주십시오!"

"무슨 일이냐?"

"저, 저에게 원하시는 것이 있다면 지금 당장 말하겠습니다! 그러니 황도로 압송하는 일만큼은……"

"이놈이 아직 정신을 못 차렸군."

엘리언은 칼날이 달린 채찍으로 바루투스를 마구 두들겨 패기 시작했다.

촤락, 촤락!

"크헉, 크허억!"

사방으로 살점과 피가 튀었고, 대략 5분 후엔 뼈가 그대로 보일 정도가 되어버렸다.

피를 흘리며 바닥에 축 늘어져 버린 바루투스에게 엘리언이 찬물을 끼얹었다.

촤락!

"쿨럭, 쿨럭!"

"정신 차려라. 잘못하면 지금 이 자리에서 죽는다."

"사, 살려주십시오."

"다시 한 번 말하지만 쓸데없이 황명을 수행하는 데 토를 달면 죽을 줄 알아라."

"…알겠습니다."

엘리언은 바루투스를 끌고 황도로 향했다.

*　　　　*　　　　*

헤이슨 제국의 수도 헤르센의 황궁 지하로 묵빛 갑주를 입은 근위병들이 들어섰다.

척척척!

그 도열의 중앙에는 검은색 평상복 차림의 황제 아카이드가 서 있다.

"두 놈을 잡아들였다고?"

"예, 폐하!"

"그래, 그 얼굴 한번 보자."

"예!"

평소 소탈한 것을 즐기는 황제 아카이드는 소소한 취미 생활과 청렴한 국정 운영으로 칭송이 자자한 사람이었다.

하지만 그에게 있어서 항명은 곧 죽음이요, 자신과 다른 길을 가는 사람은 모두 반역자로 모는 냉혈한이었다.

만약 자신이 원하는 것을 누군가 빼앗아 간다면 그것은 결코 참을 수 없는 일이었다.

아카이드는 자신의 앞에 감금되어 있는 사내들을 바라보

왔다.

"나르히트 남작, 짐이 직접 작위를 내렸었지."

"…폐, 폐하?"

"이자의 눈이 보이지 않는 모양이군. 어쩌다 이렇게 되었나?"

"그레이트 멘티스 새끼들에게 눈이 뜯겨 나갔습니다."

"아아, 그런가?"

그는 눈이 보이지 않는 나르히트 앞에 엉덩이를 붙이고 앉았다.

"나르히트, 왜 그랬나? 내가 이종족의 여자들을 이곳으로 들이는 것을 극도로 꺼린다는 것을 알면서도 그런 짓을 행했나?"

"송구합니다! 소신은 그저 제국의 위신을 세우기 위해……."

"제국의 위신이라… 제국이 강간 공화국이 되는 꼴이 위신을 세우는 일이라고 할 수 있겠나?"

"그, 그것이……."

"짐은 우리 헤이슨 제국이 강간으로 점철되는 것이 싫어 성노의 거래를 근절하려 했다. 한데 너희 둘은 짐의 그런 깊은 뜻을 거스르는 것으로도 모자라 엘프들의 군락을 찾아서 무너뜨렸다. 이것이 얼마나 어리석은 짓인 줄 알고 있는가?"

"주, 죽을죄를 지었습니다!"

"그래, 죽을죄를 지었다는 것은 잘 알고 있군."

"……."

"짐이 친히 네 목을 칠 것이다. 겸허한 마음으로 기다리라."

"예, 폐하!"

이윽고 그는 바루투스에게로 다가갔다.

바루투스는 한쪽 눈이 부어서 앞을 제대로 볼 수 없는 상태였다.

"이자의 눈은 왜 이런 상태가 되었나?"

"황명을 거역하려 했습니다. 그래서 부부장이 손을 좀 본 모양입니다."

"하여간 부부장도 사람이 너무 물러서 탈이군. 기왕지사 손을 보려면 차라리 눈을 도려내지 뭐 하러 남겨두었다던가?"

챙!

"지금 잘라서 올리리까?"

"됐네. 이놈에게 물어볼 것이 좀 있어. 어차피 대답을 잘못하면 목을 칠 것이니 굳이 눈을 빼낼 필요는 없지 않겠나?"

"예, 폐하. 잘 알겠습니다."

극도의 공포감으로 물든 바루투스에게 다가선 아카이드가 말했다.

"네놈이 먼저 3군에게 엘프족 군락에 대해 밀고했다고 들었다. 사실인가?"

"예, 그렇습니다. 소인이 밀고했습니다."

"흐음? 순순히 시인하는군. 좋아, 그렇다면 네놈은 이 정보를 도대체 어디서 들었단 말인가?"

"그것이……."

"괜찮다. 말해보아라. 대답 여부에 따라서 네놈을 죽이고 살리고를 결정할 것이니 솔직하게 말해야 할 것이야."

아카이드의 압박에 사시나무 떨듯이 몸을 떨던 바루투스가 어렵사리 입을 열었다.

"…황태자 전하가 소인에게 이 정보를 흘렸습니다."

"뭐라?"

순간, 아카이드는 자신의 귀를 의심했다.

"누가 이 정보를 흘렸다고?"

"황태자 전하가 소인에게 정보를 주었습니다. 그러면서 3군을 이용하여 성을 공격하라고 명령했습니다."

아카이드는 그의 얼굴을 손으로 쿡쿡 찌르며 말했다.

"나의 충성스러운 큰아들이 그런 말도 안 되는 짓을 벌였다? 정말인가?"

"목숨을 걸 수 있습니다!"

"그래, 그렇단 말이지?"

그는 나르히트에게 다시 고개를 돌렸다.

"남작."

"예, 폐하!"

"자네는 언제부터 황태자와 내통하여 성노를 황도로 밀수해 왔는가?"

"10년쯤 되었습니다!"

"10년이라… 그렇다면 황태자와 자네들이 서로 짜고서 10년 동안이나 짐의 뒤통수를 쳤단 말인가?"

"송구합니다! 죽여주시옵소서!"

"…미친놈들이군. 짐의 나라에 감히 이종족의 여자를 들인 것으로도 모자라 강간 공화국으로 만들 생각을 했단 말인가?!"

아카이드는 두 죄인을 다시 감옥에 가두었다.

"이놈들을 감옥에 가두고 5중 경비를 붙여라. 만약 이놈들의 목이 떨어지면 감옥을 지키던 놈들의 구족을 멸하고 정보부의 수장을 교체할 것이다."

"예, 폐하!"

"정보부장."

"하명하시지요."

"지금 당장 황태자를 압송하여 이곳으로 데리고 오라."

"…전하를 말입니까?"

"왜? 직접 그를 잡아들이는 것이 어렵겠나?"

"아닙니다. 다만 황비께서 가만히 계실지 의문이라……."

그는 정보부장의 목에 가느다란 비수를 들이댔다.

척!

"허, 허억!"

"잊었나? 이 나라의 지존은 바로 나다. 짐이 곧 헤이슨 제국이란 말이다. 알겠나?"

최고의 자객이자 해결사인 정보부장이 눈치챌 수도 없을 정도로 빠른 손놀림이라니, 이를 지켜보는 모두의 간담이 서늘해졌다.

아카이드는 다시 검을 거두었다.

"한 시간 주겠다. 놈을 이곳으로 압송해 오라."

"존명!"

100명의 정보부원이 황태자를 압송하기 위해 총알같이 튀어나갔다.

\*　　　　　\*　　　　　\*

아펠트 군도 북부 해안.

쏴아아아!

하진이 이끄는 다섯 척의 함선이 강철과 성벽의 원료를 가득 싣고 조타린 해협 서부로 향하는 중이다.

조타린 해협 서부로 향하는 길목에는 고래들의 천국이라 불리는 모비딕 군도가 있다.

이 모비딕 군도는 무한의 영주 개발자가 흰 수염 고래 모비딕에게서 영감을 받아 만든 사냥 지역인데, 하진에겐 꽤나 특별한 곳이다.

모비딕 군도야말로 하진에겐 고향 생각을 나게 만드는 곳이며, 유일하게 그곳의 향수를 느낄 수 있기 때문이다.

하진은 조타린 해협으로 건너가는 길목에 서서 이곳에서의 학명 노란 물떼 고래를 바라보고 있었다.

끼이이익!

첨벙, 첨벙!

고래들이 함선 근처로 다가와 물을 튀기며 하진에게 장난을 걸고 있고, 그는 군도에서 챙겨 온 물고기 조각을 바다에 집어 던졌다.

"자, 먹어라!"

끼익, 끼이익!

고래는 지능이 꽤 높기 때문에 인간과의 교감이 가능하다고 알려진 동물이다.

아마 놈들은 하진이 고향을 그리워하고 있다는 사실을 본능적으로 느끼고 위로를 해주고 있는 것인지도 모른다.

그런 그에게 찬물을 끼얹는 목소리가 들려왔다.

"모비딕 군도에 포대를 설치하는 것이 옳은 것 같은데, 자네의 생각은 어떠한가?"

"…물론입니다. 이곳을 점령하는 것이 우리에겐 큰 도움이 되겠지요."

"모비딕 군도는 총 15개의 섬으로 이뤄져 있으니 함대를 설치하고 주민들을 이주시켜도 될 것으로 보이네. 이제부터는 모비딕 군도에도 사람이 살 수 있게 되는 것이지."

이것은 아펠트 영지의 첫 번째 통치 지역이 생기는 일이지만, 동시에 두 곳을 방어해야 한다는 단점이 생기는 일이기도 했다.

하지만 그만큼 넓은 세력권을 차지하게 되는 일이니 아펠트 해군으로선 나쁠 것이 없는 일이다.

아펠트 군도에서 대략 150㎞ 정도 떨어진 모비딕 군도는 제1의 해상 방어 기지로서의 가치가 있기에 동맹국과의 전진기지로 사용해도 무방할 것으로 보였다.

모비딕 군도를 지나 몇 시간쯤 항해를 거듭하고 나니 하진의 함대는 조타린 해협에 닿을 수 있었다.

뿌우!

전방에선 조업 중인 어선들을 보호하는 에멘트 공국의 전함이 경계 작전을 펼치고 있었다.

네 척의 전함을 총괄하는 해군 장교가 하진에게로 다가왔다.

"잠시 배를 붙이겠소!"

"그러시오!"

잠시 후, 갑판 위로 올라선 해군 장교가 하진에게 인사를 했다.

"가우스트 경 아니십니까?"

"아탈린 제독의 부관이신 아스날 준남작님?"

"하하, 이 얼굴을 기억해 주시다니, 영광입니다."

"별말씀을요."

"그나저나 어디를 가시는 길이십니까? 듣기론 아펠트 군도 가 신도시 건설로 바쁘게 움직이고 있다고 하던데요."

"동맹국을 찾았습니다."

"으음, 동맹국이라?"

"조만간 공왕 전하께 좋은 소식을 전해 드릴 테니 그때 자 세한 얘기를 들으시지요."

"그렇군요. 잘 알겠습니다."

이윽고 아스날 준남작이 하진에게 한 통의 편지를 건넸다.

"아 참, 이것은 공주 마마께서 보내신 서찰입니다. 혹시나 경께서 이곳을 지나가시게 된다면 꼭 전해달라고 부탁하셨지 요."

"마마께서요? 무슨 내용인지는 아십니까?"

"하하, 제가 그것을 알 턱이 없지요. 이 편지를 열어보았다 간 아마 곤장을 맞지 않을까요?"

"하긴, 그건 그렇군요."

편지를 잘 갈무리한 하진은 선실 창고에서 술을 한 병 꺼냈 다.

"선물입니다."

"헤이슨 제국에서 온 술이군요. 고맙게 받겠습니다. 이런 술 이라니, 오늘은 횡재수가 있는 모양입니다."

"횡재수라니요, 그냥 흔한 술입니다."

"아무튼 고맙습니다."

하진은 아스날 준남작을 보내고 난 후 편지를 열어서 그 내용을 살펴보았다.


가우스트 경께.


잘 지내시지요?

요즘 에멘트 공국에선 파종이 한창이고 여름 맞이 수렵과 포경을 위한 공격대가 훈련 중입니다.

최근 들어 조타린 해협에 고래 떼의 개체 수가 너무 많이 늘어서 오히려 조업에 문제가 된다고 판단되었다고 하네요.

만약 경께서 이곳에 계셨다면 반드시 고래 떼를 사냥하는 해군을 지휘하셨을 텐데 그 모습을 볼 수 없어서 아쉬워요.

아 참, 당신께서 거두어주신 아이가 이제 막 옹알이를 시작했어요.

성 바닥을 마구 기어 다니면서 사고를 치는 바람에 유모들이 어찌나 애를 먹는지, 공왕께선 최초의 여장군이 탄생할 것이라며 오히려 기뻐하고 계시죠.

여전히 아이의 대부는 당신입니다. 언젠가 대부님의 얼굴을 아이에게 보여줄 수 있는 날이 올 수 있기를 고대합니다.

경은 요즘 바쁘시니까 이런 일상적인 일에 관심이 없을 것 같지만, 그래도 우리 둘의 근황을 알리고 싶었어요.

바다 너머로 편지를 보내는 것이 어려우니 혹시라도 경이 이곳을 지날 때에 편지를 받을 수 있도록 부탁해 두었어요.

만약 이 편지를 받는다면 답장을 해주셨으면 좋겠어요.

건강하시고 하시는 일마다 매번 건승하시기를 빌게요.

에멘트 공국에서 세실리아가.

하진은 한동안 잊고 지낸 그녀들의 소식에 자신도 모르게 미소를 지었다.

"아 참, 두 사람이 에멘트 공국에 있었던가? 깜빡 잊고 있었어."

"두 모녀에 대한 얘기인가?"

"예, 제독."

"아이는 잘 지낸다던가?"

"이제 막 옹알이가 터진 것 같더군요."

"하하, 한참 귀여울 때군."

"언젠가 기회가 된다면 한 번쯤 들러서 근황을 보고 싶기는 합니다."

"그렇다면 이번 원정이 끝나고 나면 그곳에 들러서 두 모녀를 보고 오세나. 그리고 가는 김에 두 사람의 서신함을 만들면 좋겠군."

"서신함이요?"

"왜, 우리도 마법으로 전서를 하지 않나? 두 사람이라고 못 할 것이 뭐 있겠나?"

"으음, 그건 그렇군요."

"마법사들과 잘 상의해서 만들어보게나."

"그렇게 하겠습니다."

어서 빨리 두 모녀를 보고 싶은 하진이다.


*        *        *


조타린 해협 서부 지역 카이런 반도에 하진의 함대가 멈추 어 섰다.

까악, 까악!

다소 을씨년스러운 모습의 카이런 반도에는 수많은 핏자국 과 수습되지 않은 시신들이 해안선을 따라 늘어서 있었다.

하진은 이곳이 바로 엘프족과 헤이슨 3군의 격전지였다는 사실을 어렵지 않게 알 수 있었다.

"치열한 전투가 있었던 모양이군요."

"치열하다… 그래요, 치열하게 죽어나갔죠. 우리는 그들의 전력에 비해 한참이나 열세에 있었습니다. 부족들이 통합되지 못해서 우드림에 대기하고 있던 병력은 고작 1천 남짓이었고, 그들의 파상 공세를 이겨낼 수 없어 학살을 당했습니다."

"저런……."

"그나마 다행인 것은 우드림 성벽 너머에 살고 있던 엘프족들이 전부 깊은 숲으로 숨어들어 목숨을 보존했다는 것입니다."

백성들이 살아 있다는 것은 여왕의 귀환으로 인해 다시 한 번 부흥의 불길을 일으킬 수 있다는 소리였다.

하진은 카이런 반도 남부 해안에 배를 정박시키고 그 주변으로 경비 병력 300명을 세워두었다.

이제 800명으로 증원된 영지군은 보초를 300명이나 세우고도 수색대와 탐사 병력을 꾸릴 정도가 되었다.

하진은 카이런 반도의 남부 해안을 따라서 북쪽으로 이동하며 이곳의 방어 체계를 확인해 보았다.

쿠릉, 쿠릉.

그가 지나가는 길목마다 살아 움직이는 나무와 거대한 괴수들이 자리를 잡고 있었는데 그들은 엘레니아에게 부복하며 복종을 표했다.

그녀는 하진에게 이곳의 방어 체계에 대해 이렇게 설명했다.

"우리는 나무와 흙, 바람과 물로 이뤄진 종족입니다. 방어 체계는 전부 살아 있는 초목들이 담당하게 되지요. 뿌리와 줄기가 성벽을 쌓고 초목이 수성 장비가 되어주는 겁니다."

"그렇게 되면 불에 약한 모습을 보이지 않겠습니까?"

"그래요. 불에 약한 모습을 보입니다. 우리 종족이 유일하게 사용할 수 없는 것이 바로 불입니다. 인간들의 화공계의 공격에 우리가 속수무책으로 당할 수밖에 없던 것도 바로 그 때문이지요."

나무와 상극인 불은 엘프족에겐 거의 재앙이나 마찬가지였고, 검과 화살을 만들 때에도 괴수들의 숨결로 철을 녹여 만들어냈다.

한마디로 지금 이들에게 가장 중요한 병력의 운집과 군사력이 부족하다는 것이었다.

"모든 것이 좋지 않은 시기에 놈들이 들이닥쳤습니다. 동맹국이 막 우리 땅에 공동 함대를 구축하고 드워프 종족에서 철기를 조달하기로 한 날이 불과 일주일 남았었지요."

"만약 일주일만 더 버텼어도 놈들에게 유린당하는 일은 없었겠군요."

"맞아요."

"통탄할 일입니다. 그런 안타까운 사연이 있었다니……."

하진은 격전지를 바라보면서 한 가지 의문이 들었다.

"그런데 말입니다. 놈들이 도대체 이곳의 위치를 어떻게 알아낸 것일까요? 우드림의 재건은 인간들은 아예 상상조차 하지 못할 일입니다. 내부의 첩자가 있지 않고서야 절대로 가능할 리가 없습니다."

"제 생각에는 헤이슨 제국의 황실에서 아직까지 이곳에 끄나풀을 심어놓고 있는 것으로 보입니다."

"헤이슨 제국에서요? 그게 어떻게 가능합니까?"

"헤이슨 제국이 처음 개국하던 당시, 우리 엘프 왕국을 침범하여 수많은 포로를 잡아갔습니다. 그중에는 왕실의 혈통도 꽤 포함되어 있었지요. 그 왕실의 혈통들은 헤이슨 황족과 관계를 맺어 아이들을 낳았습니다. 그 아이들이 커서 다시 아이를 낳았고, 결국 지금의 황제를 만들어낸 것이지요."

"그렇다면……."

"헤이슨 제국의 황제 역시 우리 엘프족의 후손이라는 소리입니다."

"허, 허어!"

"황제들은 대대로 엘프족과의 단절을 꾀하여 왔으나 내명부에선 암암리에 엘프족과 인연을 맺어왔습니다. 우리 엘프족역시 인간과의 단절을 몇 번이고 강조했습니다만, 헤이슨 제국으로 건너간 딸들이 무슨 수를 써서라도 우리와 연결하고자 시도했지요. 그 결과, 아직도 그녀들의 끄나풀들이 존재할 수있게 된 것이지요."

"흠……."

만약 그녀의 가설이 사실이라면 헤이슨 제국에서 성노예와 이종족 반입을 엄금하는 이유도 충분히 설명되었다.

그녀는 아마도 현 황비와 황태자의 뒤에 누군가 배후 세력이 있을 것이라고 추측했다.

"천 년 전, 아직 제가 태어나기도 전에 헤이슨 제국의 볼모로 끌려간 사람이 있습니다. 그녀는 엘프족 왕실의 제1왕녀 사루비아였습니다. 사루비아는 엘프족 내에서도 절세가인으로 손꼽힐 정도로 아름다웠으며, 헤이슨 제국의 초대 황제 제레스의 눈에 드는 데 단 1초도 걸리지 않았습니다. 제레스가 처음 그녀를 궁으로 데리고 갔을 때엔 이미 황비가 있었습니다. 하지만 황제는 그녀에게 푹 빠져 있었기 때문에 황비를 몰아내고 그녀를 정실 황비로 내세웠습니다. 그때의 내부 반발을 잠재우기 위해 제레스는 중앙 대륙 점령전을 벌인 것이고, 덕분에 지금의 부를 축적할 수 있었지요."

"그렇다면 지금의 내명부는 온전히 사루비아와 엘프족 왕실 후손으로 이뤄져 있다는 소리입니까?"

"아마도요. 사루비아가 비록 정실 황비로 간택되기는 했습니다만, 그 세력을 구축하는 데엔 꽤 오랜 시간이 걸렸습니다. 그래서 엘프족 왕국이 멸망했을 때에도 별다른 수를 쓸 수 없었지요. 해서 그녀가 결정한 노선이 바로 엘프족을 버리고 인간을 선택하는 것이었습니다. 그때부터 우리 엘프족은 고난의 가시밭길을 걷게 된 겁니다."

"만약 그녀가 엘프들을 핍박하지 않았다면 지금의 피폐함도 있을 수 없는 일이었겠군요."

"물론입니다. 기반을 완벽하게 무너뜨린 그녀의 계략으로 인해 우리는 더 이상 빛을 볼 수 없었습니다. 때문에 엘프들은 사루비아 꽃을 불길한 징조로 여기죠."

그녀는 사루비아가 엘프족을 핍박하면서도 그 혈통을 남기기 위해 무던히 애를 썼음을 시사했다.

"하지만 아이러니하게도 그녀는 엘프족 왕족에 끄나풀을 남기고 주기적으로 고귀한 혈통의 엘프들을 잡아다 황실의 첩으로 들였습니다. 그녀들의 빼어난 미모는 후손들의 혈통을 아름답게 만들어주었고, 황제들은 그에 만족하며 암암리에 묵과했습니다. 덕분에 사루비아 사후에도 엘프들의 유입은 꾸준히 이뤄져 온 겁니다."

"한데 이해가 안 되는 부분이 있습니다. 엘프들과 인간은 겉으로 드러나는 차이점이 극명합니다. 뾰족한 귀라든지 눈동자의 색 같은 것 말입니다."

"그것은 인간과 엘프의 피가 섞이면서 보이는 유전적 특성 때문에 가려졌습니다. 엘프와 인간이 결합하게 되면 귀의 모양이 인간을 닮아갑니다. 대신 머리색과 눈동자는 엘프를 닮습니다. 헤이슨 제국의 황실은 이 눈동자와 머리색을 황가의 전통으로 내세웠습니다. 이것은 그들에게 있어선 양날의 검이 되는데, 그들이 엘프족과 결합되어 있음을 스스로 인정하는 꼴이 되는 겁니다."

"국론 통합에 있어서 걸림돌이 될 수도 있겠군요."

"그래서 현 황제는 이종족의 유입에 대해 민감하게 반응하고 있던 겁니다. 하지만 그 역시 황가의 전통을 내세우기 위해선 엘프족의 피를 이용할 수밖에 없을 겁니다. 그게 전통이니까요."

"복잡하게 꼬여 버린 황실이군요."

"그래요. 애초에 사루비아 때문에 헤이슨 제국과 엘프족은 걷잡을 수 없을 정도로 복잡한 길에 들어선 겁니다."

"흐음……."

"아무튼 끄나풀을 색출하고 제도를 정비하는 일이 급선무입니다."

하진은 불에 타버린 카이런 산맥을 정비하고 성벽을 세우는 일을 서두르기로 했다.

"인부를 동원할 수 있겠습니까?"

"아직 우리 종족은 꽤 많이 살아남아 있고 샤먼들도 있습니다. 성벽을 축조하는 일은 어렵지 않을 겁니다."

"좋습니다. 그럼 이 강철과 성벽의 재료들을 어떤 방식으로 사용할지 고민해 봅시다."

"알겠습니다. 그럼 저는 사람들을 끌어모으겠습니다."

"그렇게 해주십시오."

하진과 건축 기술자들은 이곳에 어떤 방식으로 성벽을 세울지 깊은 고민에 빠져들었다.

\*         \*         \*

늦은 밤, 한 남자의 신형이 계곡을 타고 흘러내린다.

쏴아아아아!

폭포에서부터 발원한 계곡물은 이제 강의 하류로 흘러 나가 바다로 나아가기 위한 준비를 할 것이다.

남자는 그 중간에 있는 작은 마을 '하늘나무 마을' 앞에 잠시 멈추어 섰다.

하늘나무 마을은 대략 15가구로 이뤄져 있는데, 워낙 인구가 적어서 대륙의 그 어떤 나라에도 속해 있지 않았다.

이 마을이 얼마나 작은가 하면 대륙의 통합 지도를 제작해 온 측지 전문가들도 이곳에 대해 아는 사람이 없었다.

그래서 각 나라의 중앙 정부에선 이 땅에 대한 소유권을 주장한 바가 없으며, 징수를 위한 세리도 파견되지 않았다.

지금까지 이들은 테르나 산맥 이곳저곳을 돌아다니며 사냥감을 포획하거나 약초를 수확하며 살아갔고, 장에 나갈 때엔 1년 치 수확물을 전부 거두어 나가곤 한다.

한마디로 마을에 콕 틀어박혀 어지간한 일이 벌어지지 않는 한 밖으로 나오지 않는다는 소리였다.

하지만 이들이 마을 어귀로 내려오는 일이 있는데, 바로 계곡물을 사용하기 위함이었다.

아직까지 마을에 우물이 없어서 계곡물로 빨래를 하고 식사를 만들었고, 적어도 이틀에 한 번쯤은 내려와야 생활이 가능했다.

퍽퍽퍽!

오늘도 역시 마을의 아낙들은 계곡에서 뭐가 떠내려오는 줄도 모르고 빨래를 두드리고 있다.

"요즘 물이 불어나서 빨래할 맛이 나네요."

"그러게 말이야. 그래서 그런지 사냥감이 꽤 많아졌다고 바깥양반이 그러더군."

"우리에겐 좋은 일이죠."

두런두런 얘기를 나누며 빨랫감을 두드리고 있던 아낙들 중에서 가장 나이가 어린 새댁이 윗물에서 멱을 감기 시작했다.

첨벙, 첨벙!

"시원하다!"

"새댁은 참 부지런해. 어떻게 매일 그렇게 깔끔하게 씻을 수 있는 거지?"

"그걸 몰라서 물어? 자네도 신혼 때엔 그랬을 것 아닌가?"

"오호호, 그런가요?"

새댁은 남편이 좋아하는 카모마일로 몸을 닦고 그 향이 잘 스며들게끔 면포로 머리를 감싼 채 물에서 나왔다.

하지만 바로 그때, 그녀의 발목을 잡는 손길이 있었다.

턱!

"어, 어어?!"

"왜 그래?"

"바, 발목을 잡았어요! 누군가 발목을 잡았다고요!"

"어머나, 세상에!"

화들짝 놀라 빨래터에서 일어선 아낙들이 새댁에게로 달려왔다.

"시, 시신?! 시신 아니야?!"

"시신이 움직여?! 그런 경우도 다 있나?!"

"으, 으으윽……."

그녀들은 신음을 내뱉는 남자를 다시 한 번 자세히 들여다보았다.

"살았어?!"

"어머나, 몰골이 이게 뭐야?! 사람이 어떻게 하면 이렇게까지 넝마가 될 수 있니?!"

"일단 데리고 가서 치료부터 하자고! 이러다 정말 죽겠어!"

"알겠어요!"

빨래를 담는 바구니에 그를 담은 아낙들은 네 명이서 남자를 옮기고 남은 세 명은 빨랫감을 전부 다 갈무리해서 그 뒤를 따랐다.

# 제6장
동맹이 결성되다

여왕의 귀환이 알려지면서 엘프족 연합체는 숨겨오던 모습을 과감히 드러내기 시작했다.

지금 하진이 서 있는 이곳, 우드림의 세계수 앞에 열두 명의 엘프족 장로가 부복해 있다.

촤락!

"여왕님을 뵙습니다!"

"일어나세요. 제가 없는 동안 고생 많았습니다."

"아닙니다. 여왕님께서 겪으신 고초에 비하면 아무것도 아니지요."

엘프들은 자신들의 보금자리를 만들 때, 10명 이상의 샤먼이 모여 거대한 세력권을 구축하는 세계수를 만들게 된다.

마을 하나를 구축하는 데 필요한 샤먼의 수는 최소한 10명, 그러니까 지금 우드림과 같은 대도시를 건설하기 위해선 적어도 1천 이상의 샤먼이 필요하다는 소리다.

엘프들이 우드림을 재건하기 위해 얼마나 노력했는지는 이 세계수를 보면 알 수 있을 것이다.

하진은 세계수의 그늘 아래에 서서 끝도 없이 모여드는 엘프족을 바라보았다.

햇빛처럼 싱그러운 레몬색 머리카락에 푸른색 눈동자를 가진 아름다운 그들의 행렬은 그야말로 장관이었다.

하지만 애석하게도 엘프들은 인간에 대한 불신으로 가득 차 있었다.

"여왕님, 이자들은 우리의 왕국을 무너뜨린 자들입니다! 어찌하여 우리의 신성한 마을에 이놈들을 들이셨습니까?!"

"이 사람은 그런 인간들과 다릅니다."

"…인간은 모두 다 같은 속물들입니다. 그 어떤 놈들도 다를 바가 없다는 소리지요."

"다릅니다."

하진은 의구심과 분노로 가득 찬 엘프족 앞에 자신의 능력을 모두 개방시켰다.

스스스스스!

서서히 뿜어져 나오는 황금빛 오라와 심장에서부터 시작된 드래곤의 권능이 주변을 온통 밝은 빛으로 물들이기 시작한다.

화아아아악!

"오오, 오오!"

"골드 드래곤, 골드 드래곤이시다!"

"아직, 아직 속단하기는 이르다! 조용히 하라!"

엘프족 장로들은 무작정 눈에 보이는 것만 믿는 사람들이 아니었다.

그들은 하진의 얘기를 들어보기로 했다.

"당신이 골드 드래곤입니까?"

"그렇습니다. 나는 드래곤 로드의 현신입니다. 그분께서 나를 선택하였고, 나를 위해 스스로를 희생하셨지요. 저는 그분의 유지를 받들어 인간들이 독식한 이 세상을 타도하고 대통합의 시대를 열 겁니다. 우리의 단합은 그 초석이 될 터, 여기서 흩어지면 우리는 꼼짝없이 패배자가 되고 말 겁니다."

"드래곤 로드……!"

"드래곤들은 방관자가 되었습니다. 하지만 그것은 그분께서 원하신 것이 아닙니다. 그분은 언젠가 드래곤들이 다시 조율자로서 일어서기를 바라고 있습니다. 앞으로 이 대륙의 모든 것은 하나로 뜻을 모아 진정한 통합을 이뤄나갈 겁니다."

"드래곤 로드는 이미 수명을 다하셨습니다. 어떻게 통합을 이뤄나간다는 겁니까?"

"그분이 부고하시면서 드래곤들은 세력을 잃었습니다. 그로 인해 인간들이 판을 치기 시작한 것이죠. 골드 드래곤 쿠르드는 이 사태를 이미 예견했습니다. 그래서 자신의 심장을 이식할 사람을 찾아서 1천 년을 준비한 것이지요."

"흐음……."

"그렇다면 당신이 이곳까지 온 것은 우리와 하나가 되기 위함입니까?"

"우리는 당신들과 굳건한 동맹을 맺기 원합니다. 우리가 동맹체가 되어 삐뚤어진 야망을 가진 인간들을 배척해 낸다면 다시 평화가 도래할 겁니다."

엘프족 장로들은 하진이 가진 힘에 대해선 아무런 의심이 없었으나, 그가 가진 이념이 과연 진심인지 아닌지 판가름하기가 힘든 모양이었다.

하진은 처음부터 그들이 자신을 따를 것이라곤 전혀 생각하지도 않았다.

'대통합이 하루아침에 이뤄질 것이라곤 어차피 생각하지도 않고 있었다. 그래, 첫 단추부터 제대로 끼우고 생각해 보자.'

엘프의 수뇌부는 나머지 두 종족의 대표들이 도착하는 대로 다시 회의를 주관하기로 했다.

"불의 종족과 사막의 종족이 도착하는 대로 회의를 다시 시작합시다. 그때까지 인간들은 해안가에서 대기하고 있는 것이 좋겠습니다."

"그래요, 그럼 그렇게 하겠습니다."

아직까지 인간에 대한 불신이 깊은 그들에게 과연 어떤 방식으로 믿음을 주어야 할지 생각에 잠기는 하진이다.

*　　　　*　　　　*

하진이 우드림에 도착한 지 나흘 후, 사막의 종족이라 불리는 나탈림과 불의 종족 드워프가 찾아왔다.

나탈림은 얼음 사막에서 온 극한의 종족인데, 이들의 마법은 신묘하고도 강력해서 한때는 대륙의 최강자로 군림했다.

하지만 인간들이 마법으로 만들어진 무기와 군단을 조직하면서부터 서서히 세력권을 잃어 얼음 사막 한구석으로 쫓겨나게 되었다.

지금 그들의 영토는 얼음 사막의 광활한 벌판 중에서도 극히 일부분에 지나지 않았다.

드워프들 역시 강력한 철기 문명과 고도로 발달된 기계화 문명을 가지고 있었으나, 인간들의 마도 문명에 서서히 밀려나 몇몇 광산 지하에 갱도를 파고 숨어들기에 이르렀다.

이들이 이런 비극을 맞이한 데에는 상아탑의 개입이 가장 큰 역할을 했겠으나, 신성 제국의 성기사들의 역할도 한몫 단단히 했다.

4대 열강의 엄청난 파상 공세에 밀려난 그들은 이제 더 이상 그 어떤 인간들도 믿을 수 없게 되었다.

하여 그들은 엘프와 함께 삼국동맹 체제를 이룩하고 군사를 양성하여 인간들에게 빼앗긴 영토를 수복하기를 바랐다.

그러나 얼마 전에 벌어진 우드림 파괴 사건 이후로 다시 세력 응집이 결렬되어 세력을 모으기가 힘들어졌다.

나탈림의 수장 게르스는 자신들의 문명을 파괴한 장본인이자 주도 세력인 인간을 극도로 혐오하는 사람이었다.

하지만 그는 하진이 골드 드래곤의 심장을 얻은 것은 보통 인연이 아니라고 설명했다.

"드래곤 로드의 심장은 그 사념체가 확신을 갖고 직접 이식하지 않으면 결코 접합시킬 수 없는 것이오. 아마도 저 가우스트라는 인간이 가진 드래곤 로드의 심장은 쿠르드 님이 작정하고 천 년 앞을 내다보고 내어놓은 최후의 보루라고 생각되오."

"그렇다면 저 인간이 바로 우리의 마지막 희망이라는 소리요?"

"적어도 내 생각에는 그렇소."

"흐음……."

게르스의 설명에도 드워프의 족장 얄타의 생각은 달랐다.

"아무리 로드가 예비하신 일이라고 해도 저 인간이 생각을 조금만 다르게 갖는다면 일은 틀어지고 말 것이외다. 그렇지 않소?"

"뭐, 그건 그렇소만."

"지금까지 우리가 인간들에게 당해온 세월을 한번 돌이켜 보시오. 그만큼 억울한 세월도 없을 것이오."

하진은 그들의 갑론을박에 아주 간단하고도 명료한 해답을 제시했다.

"좋습니다. 당신들이 나에 대한 확신이 없다면 그에 합당한 증인을 데리고 오겠습니다."

"증인?"

"드래곤들 말입니다."

순간, 장내에 정적이 흐른다.

"…드래곤들은 겁쟁이요. 로드가 서거하자마자 대륙 곳곳에 숨어들어 지금까지도 모습을 보이지 않고 있소. 그런 그들을 도대체 어떻게 믿는다는 거요?"

"그래도 드래곤들이 나의 진의를 밝혀줄 수는 있다고 생각합니다. 아무리 방관자로 전락한 드래곤들이지만 대륙 최고의 현자들임에는 틀림이 없지 않습니까?"

"으음, 뭐 그건 그렇지."

"만약 내가 증인으로 삼을 드래곤을 데리고 온다면 나를 동맹으로 받아들이시겠습니까?"

"뭐, 좋소. 그대가 그렇게 해준다면 우리는 당신을 동맹의 맹주로서 추대할 것이오."

대륙의 통합을 이뤄내기 위해선 동맹이 꼭 필요했고, 하진은 그것을 위해서 무엇이든 할 준비가 되어 있었다.

그는 곧바로 길을 떠날 차비를 했다.

"우선 인간들의 두 번째 공격이 이어질 수도 있으니 성벽을 견고히 쌓고 방어 체계를 갖춘 후에 이곳을 떠나겠습니다. 지금 이대로 돌아간다면 또다시 인간들의 습격에서 안전하다고 보장할 수가 없을 겁니다."

"그럼 성벽만 축조하고 곧바로 길을 떠나는 것으로 하시오. 여왕님, 그리해도 괜찮겠소?"

"네, 그렇게 해주세요."

결국 삼국동맹은 하진을 신뢰한다고도, 그렇다고 불신한다고도 볼 수 없는 상황이었다.

그는 견고한 신뢰 관계를 위해서 노력할 것을 결심했다.

\*　　　\*　　　\*

아펠트 군도의 지하, 드래곤의 레어로 하진이 들어섰다.

우우우웅!

온통 금빛 물결로 일렁이는 드래곤 레어의 한구석에는 거대한 대륙의 전도가 놓여 있다.

하진은 대륙의 전도를 떼어내 잘 말아서 양피지에 감쌌다.

그는 이제 동료들과 함께 드래곤을 찾아 떠날 것이기에 그에 대비하여 필요한 물건들을 챙기기로 한 것이다.

가장 먼저 챙겨야 할 것은 최대한 많은 짐을 챙길 수 있는 아공간의 가방이고 두 번째는 비상시에 사용할 수 있는 텔레포트 반지와 각종 아티팩트였다.

드래곤 레어에는 각종 아티팩트가 즐비했는데, 그중에는 잠시 모습을 사라지게 만드는 반지나 체력을 급속으로 보충하는 등의 특수하면서도 단적인 기능의 아티팩트가 많았다.

하진은 아공간이 내장되어 있는 배낭의 제한 용량을 확인해 보았다.

[제한 용량―면적의 제한 없음. 무게 150톤 이내.]

아마 하진이 하루 종일 이곳에 물건을 퍼 담아도 150톤 근처에도 가지 못할 것이다.

"통이 엄청 큰 사람이군."

하진은 가방에 산더미처럼 쌓인 아티팩트 중 대략 300kg에 달하는 물건들을 챙겼다.

그러고 난 후엔 금화와 은화를 모자라지 않게 적재하고 여벌의 드래곤 스킨 의복과 만능 망토를 차곡차곡 쌓아놓았다.

만능 망토 네 벌이면 사람 두 명이 들어가 잘 수 있는 공간이 생기는데, 이 안에는 사람이 생활하는 데 가장 적합한 온도로 유지되는 마법이 걸려 있다.

만약 여행을 떠난다면 1인당 두 벌의 만능 망토를 챙겨서 하나는 말에 깔고 하나는 자신이 덮고 다니면 충분할 것이다.

"이제 거의 다 끝난 것인가?"

이곳에서 챙길 수 있는 마법도구들은 거의 다 챙겼으니 밖에서 고기와 빵 등을 챙기면 준비가 끝날 것이다.

하진은 레어를 떠나기 전에 대륙 전도를 펼쳐 첫 번째 행선지를 확인해 보았다.

"화이트 드래곤 나타샤의 레어라……."

서부 대륙 극동부에 위치한 나타샤 산맥은 원래 드래곤 나타샤의 영역이었는데, 지금은 그녀의 잠적으로 인해 몬스터들의 소굴로 변해 버렸다.

때문에 그곳에 무슨 일이 일어나고 있는지 정확하게 아는 사람은 아무도 없다고 볼 수 있었다.

하진은 며칠 전, 쿠르드의 하트에 응축되어 있는 지식의 한 귀퉁이를 이용하여 그녀의 성정을 살폈다.

모든 경우의 수를 따져보았을 때, 가장 설득하기 힘들지만 논리적이고 냉정한 그녀를 먼저 설득하게 된다면 다른 드래곤이나 이종족은 비교적 쉽게 넘어올 것이다.

그는 굳은 각오를 다졌다.

"좋아, 죽는 한이 있어도 그녀를 설득시키는 거다."

지금 하진의 심장은 두 개의 세력으로 나뉘어져 있는데, 서로 하나의 심장으로 융화되기 전까지는 완벽한 드래곤 하트가 될 수 없었다.

때문에 쿠르드의 지식이나 기억을 온전하게 사용하자면 꽤 긴 시일이 걸릴 것이다.

쿠르드의 능력을 완벽하게 사용하기 전까진 그 일부분만을 사용해서 모든 것을 해결해야 한다는 소리였다.

하지만 그 일부분이라도 하진에겐 아주 큰 힘이 될 것이다.

"그럼 출발해 볼까?"

하진은 영지에서 고기와 빵, 야채 등을 챙기기 위해 영주성으로 향했다.


같은 시각, 하진이 나오기만을 기다리고 있던 동료들은 이미 식량을 준비해 둔 상태였다.

영지에 남아 군부와 행정을 총괄하게 될 테르니온은 맛깔나게 요리된 각종 고기 요리를 바라보며 이해할 수 없다는 듯이 물었다.

"자네가 말한 대로 음식을 조리해 놓긴 했네만, 이대로 여행을 떠나도 괜찮을까?"

"물론입니다. 이 가방 안에선 음식이 100년 동안 변질되지 않는다고 하니까요."

"으음, 그런가?"

아공간의 가방에선 변질이 되지 않기 때문에 하진은 일부러 모든 음식을 조리해서 포장해 두었던 것이다.

영지에 남을 테르니온과 엠블라, 해리슨, 가버 등은 걱정스러운 눈으로 하진의 파티를 바라보았다.

"정말 괜찮겠나? 그곳은 죽음의 영역이라고 하던데⋯⋯."

"걱정 마십시오. 모두 다 잘될 겁니다."

"흠, 부디 그랬으면 좋겠군."

하진은 기사들을 일체 대동하지 않은 채 네이튼과 케레니슨만 데리고 길을 떠날 것이다.

세 남자의 단합은 지금까지 치러온 전투에서 잘 나타났으나 그 길이 워낙 험난하다는 것이 문제였다.

레이나는 세 사람에게 신의 가호가 깃든 목걸이를 선물로 주었다.

"부디 좋은 결과가 있기를 바랄게요."

"고맙습니다."

하진은 간단한 배낭 하나에 망토를 두른 채 배에 올랐다.

소형 함선에 오른 세 명의 일행은 자신이 맡은 위치에 서서 일사불란하게 임무를 수행하기 시작했다.

"닻을 올리자!"

"어이!"

케레니슨이 키를 잡고 출항을 외치자 하진과 네이튼은 돛을 잡고 바람을 타기 시작했다.

펄럭!

"그럼 우리는 갑니다!"

"부디 몸조심하세요!"

하진은 모두의 배웅을 받으며 길을 떠났다.


＊          ＊          ＊


조타린 해협을 따라서 동부 대륙을 빠져나가는 길, 하진은 모비딕 군도에 잠시 정박해서 식사를 하기로 했다.

"만에 배를 대고 잠시 쉬었다가 가자!"

"어이!"

하진과 동료들은 고래들의 천국인 모비딕 군도에 해먹을 펴고 잠시 휴식을 취하면서 앞으로의 여정을 세세하게 조율하기로 했다.

케레니슨은 자신의 주특기인 항해를 담당할 것이고, 네이튼은 용병 특유의 경험을 토대로 각 지역의 특색에 대해 분석할 것이다.

하진은 그들의 조언을 받아 그때마다 올바른 결정을 내리는 역할을 맡았다.

케레니슨은 이대로 서쪽으로 항해하게 되면 최소한 한 달 동안 땅을 밟지 못할 것이라고 예상했다.

"우리는 대략 1년 치 식량을 확보해 두었다. 바다에서 길을 잃는다고 해도 그 정도면 충분히 살아남을 수 있다. 서부 대륙이 나오기 전까진 쉬지 않고 항해하는 편이 좋다."

"만약 식량이 예상보다 빨리 떨어지게 된다면?"

"그럼 제국의 군함을 약탈해야지."

"아하, 그런 좋은 방법이?"

"잊었나 보군. 우리가 여기까지 어떻게 왔는지 말이야."

하진은 아주 단조로운 케레니슨의 항해 전략을 믿고 계속해서 길을 떠나기로 했다.

세 사람이 간단하게 식사를 끝내고 언제 다시 디딜지 모를 땅에서 발을 뗄 무렵, 저 멀리서 그리핀 네 마리가 날아와 배에 안착했다.

삐이이익!

펄럭펄럭!

케레니슨과 네이튼은 무기를 뽑아 들었다.

챙!

"뭐 하는 놈들이지?"

"흥분하지 마. 우리의 동맹이다."

"동맹?"

잠시 후, 네 명의 아름다운 엘프가 그리핀에서 내려 하진에게로 다가와 읍했다.

척!

"만나서 반갑습니다. 저번에 목숨을 구해주신 은혜를 미처 갚지 못했습니다."

"아닙니다. 저는 할 일을 했을 뿐인데요."

"우리는 당신의 은혜에 보답하기 위해 파티를 꾸렸습니다.

만약 받아주시지 않는다면 이 바다에서 죽을 때까지 기다리겠습니다."

"그, 그럴 리가 있겠습니까?"

엘프들은 목숨을 빚진 것을 죽을 때까지 잊지 않기 때문에 은혜는 반드시 갚는 관습이 있다.

하진이 그들을 받아들임으로써 이제 종족 내부에서 면을 세우게 된 전사들이다.

엘프족 파티는 샤먼이 한 명, 사제 한 명, 궁수 두 명으로 구성되어 있었다.

케레니슨은 이종족에 대한 거부감이 전혀 없었고, 네이튼은 아펠트 군도의 건립 이념대로 그들을 아무런 편견 없이 받아들였다.

"파티가 늘었군. 좋아, 이 정도 인원이라면 항해하는 데 전혀 문제가 없겠어."

"안 그래도 혼자 돛대를 잡고 있느라 죽을 맛이었는데 잘되었군. 어이, 여자들이라고 봐주는 법 없어."

"물론입니다. 우리는 남녀가 동등해요. 함께 힘을 쓰고 함께 싸웁니다."

샤먼과 사제는 여자였지만, 그녀들 역시 전사적 기질이 다분했기 때문에 파티에서 겉도는 것을 상당히 싫어하는 것 같았다.

"자, 그럼 떠나볼까요?"

"갑시다!"

"출항이다! 닻을 올려!"

"어이!"

일곱 명의 파티가 서부 대륙을 향해 출발했다.

*　　　*　　　*

하늘나무 마을 마을 회관에 20명의 마을 사람들이 모두 모여들었다.

그들은 지금까지 단 한 번도 이렇게 심하게 다친 사람이 마을로 흘러든 것을 본 적이 없었다.

"…이대로 죽어버리면 어쩌지?"

"그럼 할 수 없지, 뭐. 그것도 다 하늘의 뜻 아니겠어?"

사실 하늘나무 마을은 예로부터 상당히 방어적인 태도를 보여 온 마을이기 때문에 외부 사람을 이렇게 덥석 받은 것이 처음이다.

만약 이 사람이 정신을 차리지 못하고 죽어버린다고 해도 그리 큰 문제는 되지 않을 것이다.

다만 이 남자를 처음 주워온 새댁이 큰 충격을 받을 테니 어지간하면 사람이 죽어나가는 것만큼은 피하고 싶을 뿐이다.

마을에서 가장 나이가 많고 사냥에서 많은 상처를 치료해

보았던 멜릭슨이 사내의 이마에 손을 가져다 대보았다.

"흐음, 열은 다 내렸는데 어째서 정신을 못 차리는 것이지? 혹시 묽은 수프는 좀 먹여보았나?"

"일단 입을 벌려서 넣을 수 있는 만큼은 넣었는데 의식이 없어서 먹는 것인지 어쩐 것인지 알 수가 있어야지요."

"그렇단 말이지?"

사람은 정신이 있으나 없으나 음식만 잘 먹으면 산다는 얘기가 있다.

멜릭슨은 이 남자가 처음 마을에 실려왔을 때 가장 먼저 상처를 꿰매고 약초로 소독을 해준 후 묽은 수프를 먹이도록 했다.

어찌 되었든 사람이 살자면 먹을 것을 넘겨야 하기 때문이다.

"일단 지켜보자고. 이 총각이 죽고 사는 것은 이제 하늘에 달렸어. 신이 죽이고 싶다면 죽이고 살리고 싶다면 살리겠지."

"알겠습니다. 그럼 좀 더 두고 보면서……."

바로 그때, 사내가 눈을 번쩍 떴다.

"허, 허어억!"

"어, 어라?!"

"살았다!"

"…여긴 어딥니까?"

"하늘나무 마을일세. 아마 일반인은 우리 마을에 대해서 잘 모르겠지."

"여러분이 저를 구해주신 겁니까?"

"뭐, 그렇다고 볼 수 있지. 물에서 건져서 음식을 먹였으니 말이야."

"고맙습니다."

자리에서 일어서려 힘을 주는 그에게 멜릭슨이 말했다.

"아니, 그냥 앉아 있게. 일어나면 상처가 덧날 수도 있거든."

"예, 어르신."

꽤나 예의가 바른 청년이 어째서 자상까지 입으면서 이곳에 온 것인지 마을 사람들은 궁금하지 않을 수 없었다.

"그나저나 자네가 왜 이곳까지 온 것인지 말해줄 수 있겠나? 워낙 우리 마을이 작아서 아무나 받아들이지는 않거든."

"그건……"

청년은 잠시 망설이는 듯하더니 이내 입을 열었다.

"저는 몰락한 가문의 장남입니다. 전란으로 인해 집이 불타고 동생들이 제가 보는 앞에서 능욕을 당하고 처참하게 죽어나갔죠."

"저런……"

"물론 저와 비슷한 처지의 사람이 한둘은 아니었을 겁니다. 칼리어스가 멸망하고 난 후에 국토가 아예 쑥대밭으로 변해버렸으니까요. 그나마 저는 운이 좋아서 아케인 왕국의 포로로 잡혀갔습니다. 그리고 그곳에서 한 귀족의 자제와 결혼을 하였지요."

"귀족의 자제가 포로와 결혼을 했다고?"

"뭐, 제 처에게 이런 말을 하는 것은 좀 그렇지만 그녀에겐 문제가 좀 있습니다."

"아아, 그렇군."

"아무튼 그 이후에 처가에 빌붙어 살다가 처남들에게 등떠밀려 사냥을 나왔다가 뒤통수를 맞았지요."

"처남들이 일을 꾸민 게로군."

"그건 저도 잘 모릅니다. 첫째 처남과 둘째 처남은 저를 워낙 좋아했으니까요. 물론 자신들의 권력을 위해서겠지만 그래도 우호 관계에는 변함이 없었습니다."

"흐음……."

"그 사냥에서 제가 뒤통수를 맞고 폭포로 떨어졌는데 어찌하여 이곳까지 온 모양입니다. 정말 감사합니다."

"그래, 그런 사연이 있었군."

"지금도 아마 저를 찾고 있을 겁니다. 여기서 이러고 있을 시간이 없어요. 괜히 이 마을만 피해를 볼 뿐입니다."

"허허, 그건 걱정하지 말게. 우리 마을은 워낙 오지에 있어서 산맥 전체를 불태운다고 해도 찾아낼 수 없어."

"그렇다면 다행입니다만……."

"일단 좀 편히 쉬게. 사정이 딱하게 되었으니 이곳에서 당분간 쉬었다 가게나."

"고맙습니다."

멜릭슨은 자신의 딸 가비에게 청년의 간호를 맡기기로 했다.

"가비야, 네가 이 청년을 좀 돌봐주어라."

"제가요?"

"어차피 큰 마을로 나갈 때까진 그다지 할 일도 없지 않느냐?"

"…알겠어요."

묘령의 나이인 그녀는 아직까지 혼처가 정해지지 않아 집안의 골칫거리로 여겨지는 아이였다.

워낙 인적이 드문 마을이라서 마을 사람 중에 다 큰 총각이 있지 않는 한 그녀가 지금 이곳에서 시집을 가기란 불가능했다.

게다가 어느 나라, 어느 지역이든 간에 16세가 지나면 노처녀로 치기 때문에 그녀는 지금 혼기가 지나도 한참 지났다고 볼 수 있었다.

"이 청년이 걸어서 마을을 나가는 것은 네 몫이다. 명심하거라."

"…알겠어요."

떨떠름한 표정의 그녀에게 어색하게 눈인사를 건넨 청년은 미소를 지어 보였다.

하지만 그녀는 여전히 기분이 별로 좋지 않은 모양이다.

"쳇, 수프나 먹어요. 난 좀 나가볼 테니까."

"예……."

그는 결국 홀로 남아 수프를 넘겼다.

*　　　*　　　*

헤르센의 지하 감옥 안.

아카이드는 자신의 앞에 족쇄를 찬 채로 앉아 있는 황태자 알렌을 바라보고 있었다.

"…네가 정신이 나가도 제대로 나갔구나. 감히 이 아비의 뜻을 거스르고 엘프 군락을 공격해? 게다가 성노까지 나라 안으로 끌어들여 황실의 기강을 문란하게 만들었으니 이를 어찌하면 좋겠느냐?"

"소자, 어차피 아바마마께서 이해해 주실 것이란 생각은 아예 하지도 않았습니다. 만약 저를 내치시겠다면 그리하십시오. 만약 그것으로도 분이 풀리지 않는다면 직접 소자의 목을 치시지요."

"정녕 죽고 싶단 말이냐?"

"죽기를 각오하지 않았다면 아바마마의 뜻을 이렇게 거스를 수 있었겠습니까?"

"흠……."

아카이드는 자신의 어머니를 비롯한 수많은 엘프가 이 일을 꾸미고 있다는 것을 잘 알고 있었다.

그녀들은 엘프들이 내명부를 장악하고 국가의 권력을 틀어쥐고 흔들 그날을 꿈꾸며 그것을 실행에 옮겨왔다.

그 탓에 지금 내명부에는 비공식 대왕대비가 무려 12명이나 존재하고 있으며, 그녀들의 권력 구도는 아주 복잡하고 은밀하게 제국의 지하로 파고들어 있었다.

지금 그가 노예무역을 전면 금지시킨다고 선포한다 해도 그녀들은 반드시 제2의 공격대를 편성하여 엘프들을 사냥할 것이 분명했다.

아카이드는 그 악의 사슬을 끊기 위해 무던히도 노력하고 있었지만, 내명부는 그의 뜻에 따를 생각이 전혀 없었다.

이젠 결국 황태자까지 끌어들여 3군을 투입시키고 새롭게 일어나고 있는 엘프 왕국까지 궤멸시키려 한 것이다.

그는 엘프족이 다시 번성을 꾀한다는 것이 놀랍기도 하면서 불안하기 그지없었다.

처음의 단추가 어떻게 끼워졌든 간에 엘프들이 이 나라 깊숙이 침투한 것은 자명한 사실이었다.

만약 내명부가 엘프 통합 정책을 들고일어나 자신들의 뿌리를 가지고 흔든다면 아카이드는 난감하기 이를 데가 없을 터였다.

아카이드는 자신을 닮은 푸른색 눈동자의 아들을 바라보

았다.

"네가 진정 이 아비의 뜻을 거스르고 내명부의 뜻을 받들겠단 말이냐?"

"소자가 어느 쪽을 선택하든 간에 불효자가 될 것이 뻔합니다. 그럴 바엔 더 불쌍한 쪽의 편을 들겠습니다."

"…더 불쌍한 쪽이라?"

그는 자신이 황제로서 군림하고 있음에도 불구하고 핏줄 때문에 전전긍긍한다는 사실을 엄청난 스트레스로 여기고 있었다.

하지만 그런 자신의 사정을 아들이 알아주리라곤 전혀 생각하지 않았다.

"그래, 네가 그렇게 어미에게 효자가 되고 싶다면 그리하게 해주겠노라."

그는 정보부를 불러냈다.

"여봐라, 이놈을 당장 유배토록 하라!"

"예, 폐하! 유배지는 어디로 정하면 되겠습니까?"

"최남단 초코누 섬으로 보내고 그곳에 있는 항구를 모두 불태워라. 또한 당분간 그곳으로 가는 배를 철저히 조사하고 만에 하나 황태자와 접촉하려는 자가 있다면 즉각 사살하라."

"예, 폐하!"

알렌은 괴로움보다는 오히려 홀가분한 표정을 지었다.

"아바마마, 소자 이만 물러갑니다."

"…빌어먹을 놈 같으니."

아카이드는 결국 자신의 뒤를 이을 황태자를 유배 보냄으로써 다시 한 번 권력의 이양 구도를 다시 잡아야 하는 상황에 처하게 되었다.

# 제7장
신비의 에라 섬

항해 한 달째.

케레니슨이 말한 한 달이 지났지만 여전히 육지가 보일 생각을 하지 않는다.

동부 대륙에서 서부 대륙으로 향하는 길목에 중앙 대륙을 거치지 않고 곧장 배를 띄우게 되면 적어도 3개월은 꼬박 배를 타야 한다.

하진과 케레니슨은 지도를 펼쳐 지금 자신들이 어디쯤 있는지 가늠해 보았다.

"우리의 여정이 대략 1/3쯤 흘렀다. 이 정도면 슬슬 에라 섬이 보일 때가 되었는데 말이야."

"에라 섬?"

"지도에는 나와 있지 않은 자유의 섬이다. 그곳은 그 어떤 나라에도 속해 있지 않은 자유민들의 고장이야. 도박과 향락의 천국이라고도 할 수 있지."

"으음, 이를테면 라스베가스 같은 곳이군."

"라스베가스?"

"아아, 그런 것이 있어."

케레니슨은 몇 번이고 다시 항해 지도를 살펴보다가 이내 잘못된 점을 짚어냈다.

"그래, 이거야! 우리는 지금 조류를 남쪽으로 타고 있어. 키를 조정해야 할 것 같아."

"그렇군."

배 위에선 얼마든지 변수를 만날 수 있기 때문에 케레니슨처럼 수시로 지도를 살피고 풍향과 조류를 파악해야 한다.

그가 조류를 거슬러 올라 바람을 타고 서쪽으로 다시 기수를 돌리고 난 지 열 시간 후 드디어 육지가 보였다.

"육지다! 갈매기가 보여!"

"그래, 바로 여기다. 이곳이 바로 향락과 자유의 도시 에라 섬이야."

잠시 후, 하진 일행을 태운 배가 에라 섬의 항구에 정박했다.

에라 섬의 항구에는 500명이 넘는 사병이 진을 치고 있었는데, 그들의 뒤로는 단단한 성벽과 포탑이 들어서 있었다.

사병들은 항구로 들어온 하진의 일행에게로 다가와 신분증을 요구했다.

"어디서 온 누구요?"

"동부 대륙에서 온 장사꾼이오. 서부 대륙으로 건너가는 차에 잠시 쉬어가려 왔소."

"으음, 그렇군. 배를 정박시키는데 금화 한 닢, 하루에 정박 비용 1실버씩을 추가하시면 되오."

이 세상 그 어떤 항구에서도 이렇게 비싼 돈을 주고 정박시키지는 않지만, 이곳에 관군이 없다는 것을 감안하면 그리 비싼 것도 아니었다.

하진은 금화 한 닢에 은화 네 닢을 더 얹어서 사병들에게 건넸다.

"작은 성의요. 받으시오."

"고맙소. 이제 당신의 배는 안전하게 이곳에 붙어 있을 것이오."

케레니슨은 하진이 팁을 건넨 것에 대해 칭찬을 아끼지 않았다.

"역시 보는 눈이 있군. 이런 곳에서 괜히 돈을 아꼈다간 죽도 밥도 안 되는 꼴이 발생하지. 올바른 선택을 한 거야."

"고맙군."

"이곳의 사병들은 에라 섬의 상인 연합에서 고용한 용병들이기 때문에 자신들이 수틀리면 그냥 배를 불태워 버리는 경우도 있어. 관군이 주둔하지 않는다는 것은 그런 위험을 수반하는 것이지. 나도 이곳에서 배를 한 척 잃어버린 적이 있어."

"해적들이 배를 빼앗겼는데 가만히 있었나?"

"물론 싸움이 벌어지긴 했어도 우리가 저들의 심기를 건드린 정황이 명백해서 어쩔 수 없이 물러섰지. 저들을 괜히 건드렸다간 우리도 장사하기 힘들어질 테니까."

"그렇군."

케레니슨은 이곳에서 하루 숙박을 하고 물자를 재보급할 것을 제안했다.

"오래 묵을 곳은 못 되지만 하루쯤 쉬었다가 출발하기엔 괜찮을 거야. 다음 정박지까진 보름쯤 걸릴 테니 이곳에서 약간의 물자만 보급하면 될 것이고."

"그래, 그럼 그렇게 하자고."

하진은 일단 일행이 쉴 수 있는 여관을 찾기 위해 번화가로 향했다.

\*　　　\*　　　\*

에라 섬의 번화가는 그야말로 휘황찬란함 그 자체였다.

펑펑펑!

밤하늘을 수놓는 폭죽이 곳곳에서 터지고 있고, 형형색색의 마법 등이 매달린 건물들은 쉬지 않고 풍악을 울리고 있었다.

쿵짝, 쿵짝!

거리의 광대들이 지나다니면서 퍼레이드를 펼치는 가운데, 그 주변을 헐벗은 여자들이 돌아다니며 돈을 거두어들였다.

"아저씨, 오늘 밤 어때요?"

"이리 와서 놀다 가요!"

그녀들은 퍼레이드를 하며 가벼운 스킨십을 해주고 팁을 받는 관습에 따라 돈을 거두며 남자들을 유혹하고 있었다.

그렇게 그녀들의 유혹에 끌려간 사내들은 번화가 뒷골목 여관으로 들어가 하룻밤을 지내고 추가로 돈을 지불하게 되는 것이다.

하진은 자신에게로 다가온 여자들이 목덜미에 키스를 해주고 엉덩이를 쓰다듬기에 은화 한 닢을 건넸다.

"고마워요. 오늘 밤에 뭐 해요? 한가하면 나랑 놀래요?"

"하하, 괜찮아요."

"피이, 싱거운 사람이네."

광장의 퍼레이드를 잠시 구경한 하진 일행은 번화가 중심지에 있는 거대한 여관 '황송'을 찾았다.

황송에는 주로 대상인들이 묵는데, 치안이 불안하다고 느낀 일반인 여행객도 때론 비싼 돈을 주고 묵기도 했다.

하진 일행이 이곳에서 무력으로 누군가에게 밀릴 사람들은 아니었지만 괜히 소란을 피울 필요는 없었다.

"방 두 개 주십시오."

"몇 분이 묵을 것이지요?"

"방 하나에는 여성 두 명, 다른 방 하나에는 남자 다섯 명이 묵을 겁니다."

"그렇다면 큰 방 하나에 작은 방이 하나 딸려 있는 특실은 어떠신지요? 목욕탕과 화장실이 전부 따로 딸려 있습니다."

"좋군요. 그럼 그곳으로 하겠습니다."

"하루 숙박료로 1골드 10실버 되겠습니다."

"이틀 숙박하겠습니다."

"네, 감사합니다."

2골드 20실버로 방값을 지불한 하진은 일행에게 자유 여행을 즐길 것을 권유했다.

"내일까지 쉬었다가 갈 테니 원하는 놀이가 있으면 즐기다 오는 것으로 합시다."

"으음, 좋지! 에라 섬까지 와서 그냥 가면 사내가 아니지."

"안내를 해주겠나?"

"물론이지."

네이튼과 케레니슨은 코드가 잘 맞는 모양인지 서로 어깨동무하며 여관을 나섰다.

하지만 왁자지껄한 것을 별로 좋아하지 않는 엘프들은 그냥 방에 들어가 간단한 다과나 즐기면서 쉬겠다고 했다.

"나갔다 오세요. 저희들은 별로……."

"그럼 저는 쓸 만한 물건들이 있는지 찾아보겠습니다."

하진은 어느 마을이나 하나씩은 꼭 있는 시장을 둘러보는 습관이 있는데, 그곳을 구경하다 보면 쓸모 있는 물건이 하나쯤은 꼭 얻어걸리기 때문이다.

번화가 주변을 지나 길게 늘어선 시장의 행렬은 사창가를 옆구리에 끼고 있는 형국이었다.

이곳은 곳곳에 사창가와 도박장이 즐비해 있었는데, 그곳에선 마약과 술, 여자를 팔며 큰돈을 만졌다.

하진은 술과 여자는 마다하지 않는 사람이지만 마약에는 큰 관심이 없기 때문에 사창가는 기웃거리지 않았다.

그는 각 대륙의 신기한 물건들이 모여 있는 시장을 둘러보았다.

"미스릴 화살 팔아요!"

"크로스보우, 대검 있습니다!"

"각종 장신구와 브로치 팔아요! 보고 가세요!"

어느 시장이나 마찬가지이지만, 판테리아 시장들의 중앙 통로에는 반드시 행상과 노점들이 들어서 있다.

노점은 주로 여행객이나 보부상들이 앉아서 장사를 하는데, 하진은 이곳에서 꽤 흥미로운 물건을 많이 건졌었다.

하지만 경악스럽게도 이곳의 시장에는 사람을 사고파는 경우도 있었다.

그런데 참으로 아이러니한 것은 이곳에서 사람을 파는데 팔려가는 사람들이 스스로 피켓을 내걸고 인신매매를 자처한다는 것이다.

"어처구니가 없군."

아마도 저들이 이곳까지 흘러들어 온 것은 가난과 배고픔을 견디다 못 해서일 테니 이 또한 대륙의 폐단이라 할 만했다.

"씁쓸하군."

하진은 실오라기 하나 걸치지 않은 채 스스로를 판매하고 있는 그녀들을 지나쳐 갈 생각이었다.

하지만 그는 그녀들 중에서 유독 특이한 모습을 가진 사람들을 발견하곤 발걸음을 멈추었다.

"피부가 검은 엘프?"

일반적으로 순백색 피부와 레몬색 머리카락을 가진 엘프들과는 다르게 회색 머리카락에 검은색 피부를 가진 그녀들은 마치 흑인을 보는 느낌이다.

그 밖에도 드워프의 작은 키에 엘프의 미모를 합쳐놓은 사람들과 푸른색 피부에 보라색 머리카락을 가진 사람들도 있었다.

판테리아 대륙에는 수많은 유사 인종이 있다는 소리를 들었지만, 이렇게 다양한 사람들이 존재하는 줄은 미처 몰랐던 하진이다.

독특한 외모를 가진 그녀들이었으나, 하진이 가장 특이하다고 생각하는 종족은 따로 있었다.

머리에 드래곤의 것처럼 생긴 뿔이 한 쌍 나 있는 여성들은 천사처럼 아름다운 외모에 형형색색의 날개를 가지고 있었다.

사람들은 그녀들을 '용의 일족'이라고 부르며 꽤 비싼 값을 제시하고 있었다.

"1,000골드!"

"아니, 여기 2,000골드!"

2,000골드면 지구의 가치론 거의 수억에서 십억 원을 호가하는 돈인데, 그 돈을 거침없이 한 여자의 몸값으로 지불하고 있었던 것이다.

하진은 천사, 혹은 악마, 더 나아가선 타락 천사처럼 생기기도 한 그녀들이 내뿜는 매력에 잠시 가는 길을 멈추었다.

바로 그때, 한 여자가 하진에게로 다가왔다.

"동족을 보는 느낌이 어떠신가요?"

"……?"

하진이 고개를 돌렸을 때엔 푸른색 날개와 검푸른 뿔을 가진 여자가 그의 곁에 서 있었다.

그녀는 저 여자들이 몸을 팔고 있는 이유에 대해서 설명했다.

"우리 용의 일족 타르니슨은 원래 고결한 종족이었습니다. 하프 드래곤, 그러니까 용과 인간의 결합으로 탄생한 고귀한 피였지요. 하지만 드래곤들이 방관자가 되면서 우리의 왕국도 무너져 내렸습니다. 저들은 자신들의 자존감이 무너져 내림에 따라서 스스로의 가치를 돈으로라도 높이려는 겁니다. 물론 그 방법이 잘못되긴 했어도 이해가 안 되는 바는 아닙니다."

"당신은?"

"이곳 에라 섬의 조합장 일리나입니다."

"일리나라……."

"괜찮다면 저와 차나 한잔 하시죠. 치안은 보장합니다."

그녀의 가슴에는 에라 섬의 조합장을 상징하는 알바트로스 문양의 브로치가 매달려 있었다.

또한 그녀의 곁에는 아까 낮에 선착장에서 본 사병들이 든든히 자리를 지키고 있다.

하진은 그녀의 제안을 받아들였다.

"좋습니다."

"그럼 저를 따라오시지요."

그녀는 하진을 데리고 에라 섬 외곽으로 향했다.

*　　　　*　　　　*

면적으로 따진다면 제주도의 절반쯤 되는 에라 섬의 외곽에는 온대밀림과 고산지대가 병풍처럼 늘어서 있었다.

일리나는 자연의 기암절벽을 깎아서 만든 자신의 저택에

하진을 초대해 놓고 진귀한 허브티를 대접했다.

"해발 5,000미터 이상에서만 자라는 희귀한 꽃의 뿌리로 만든 차입니다. 향이 진하고 심신의 안정 효과를 가져다주지요."

"고맙습니다. 이런 귀한 차를 다 내어주시다니요."

"아닙니다. 오랜만에 동족을 만나 함께 차를 마실 수 있게 되어 제가 더 기쁩니다."

하진은 그녀에게 자신의 정체에 대해서 밝히기로 했다.

"저는 드래곤의 심장만 이어받았을 뿐 하프 블러드는 아닙니다. 정통 타르니슨이 아니라는 소리죠."

"으음, 어쩐지. 우리의 전통인 뿔이 없어서 조금 의아하긴 했습니다."

"저는 드래곤들이 판테리아에 남아 있다는 소리는 들었어도 타르니슨처럼 하프 블러드가 존재하는 줄은 몰랐습니다."

"1천 년 전 드래곤 로드가 세상을 떠나면서 우리는 나름대로 왕국을 형성하고 서부 대륙 나타샤 산맥에 기반을 잡았었습니다. 하지만 권력의 구심점 자체가 없다 보니 세력 형성이 어려웠지요. 드래곤들은 왕좌에 관심이 없어서 자신들의 둥지를 찾아 떠났고, 결국 우리는 인간들의 탄압에 의해 보금자리를 잃었지요."

"드래곤들이 조율자의 자리를 버림으로 인해 생겨난 또 하나의 비극이군요."

"사람이 많이 죽기도 했지만 가장 시급한 것은 동족 간의 결합이 극히 드문 일이 되어버렸다는 겁니다. 이제 순혈 타르니슨을 찾아보기가 힘들어졌어요. 이렇게 시간이 조금만 더 흐른다면 우리 타르니슨은 그 혈통이 완전히 끊길 겁니다."

"흐음……."

"제가 당신을 이곳으로 초대한 것은 순혈의 혈통을 조금이라도 보존시키기 위함입니다."

"……?"

"만약 괜찮다면 모자란 타르니슨의 남자들을 대신해서 이곳에 조금이라도 더 머물러 주실 수는 없겠습니까?"

그녀는 그제야 슬그머니 하진을 이곳으로 초대한 이유에 대해서 설명했다.

"만약 당신처럼 고귀한 심장을 이어받은 사람과 피를 나눌 수 있다면 거리에서 몸을 파는 여자들이 조금은 줄어들 겁니다."

"하지만 저는 가야 할 길이 멉니다. 우선은 저에게 심장을 주신 드래곤의 유지를 받들어야 하고 저를 따르는 영지민들을 건사해야 합니다. 책임질 사람들이 있다는 것 때문에 뜻을 함께할 수는 없겠군요."

"…그렇군요."

"당신들처럼 고귀한 혈통이 저를 초대해 주신 것은 감사합니다만, 이곳에서 더 이상 머무는 것은 어렵겠습니다."

"아쉽게 되었군요. 좋은 기회였다고 생각했는데 말입니다."

"나중에 기회가 된다면 다시 만납시다."

그녀는 고개를 가로저었다.

"으음, 아니요. 그러기엔 시간이 너무 촉박해요. 언제 우리의 씨가 마를지 아무도 모르거든요."

순간 그녀의 손짓에 의해 500명이 넘는 호위 병력이 하진을 향해 검을 뽑아 들었다.

챙챙챙!

"이게 지금 뭐 하는 짓입니까?!"

"미안합니다. 우리도 혈통 유지를 위해선 어쩔 수가 없어요. 당신의 씨를 받아가겠습니다."

"…꼭 이렇게까지 해야 하는 겁니까?"

"당신은 이해할 수 없겠지만, 나는 우리 종족을 위해서 이 땅을 건설했습니다. 지금도 거리에서 몸을 팔고 있는 저 가여운 아이들을 생각하면 이보다 더한 짓도 할 수 있죠."

전쟁이 끊이지 않는 판테리아의 특성상 남녀의 비율이 맞지 않는다곤 해도 이렇게 대놓고 씨를 빼앗겠다고 덤비는 사람은 드물 것이다.

하진은 이것이야말로 세계대전이 낳은 가장 큰 폐단이 아닐까 생각했다.

스릉!

하진은 드래곤 아이를 꺼내 들었다.

거대한 대검을 어깨에 짊어진 하진은 결사 항전을 벌이게 된다면 이곳이 피로 물들 것임을 경고했다.

"나는 무엇이든 억압하는 것을 싫어합니다. 만약 당신이 나를 강제로 끌고 가겠다면 그만한 희생을 치러야 할 겁니다."

"정말로 피를 봐야 하겠습니까? 그냥 당신은 가만히 누워만 있으면 됩니다. 나머지는 우리가 알아서 해요."

"그래도 칼을 겨눈 이 집에서 씨를 뿌리는 일은 없을 겁니다."

"…말이 안 통하는 남자군요. 이런 남자는 매력이 없다고 어머니께서 말씀하셨죠."

"뭐, 매력이 없는 남자가 지조 없는 남자보단 낫지 않겠습니까? 자존심을 버린 순간 남자는 그대로 끝입니다."

"좋아요. 그럼 그 뜻을 꺾지 않는 선에서 적당히 상대해 드리죠."

철컹!

그녀 역시 검을 뽑아 들었고, 푸른색 날개를 펼쳐 하늘 높이 날아올랐다.

"쳐라!"

"와아아아아!"

일리나는 하늘 높이 날아올라 용언을 섞은 검기를 만들어 냈다.

스스스스!

"죽이지는 않겠습니다!"

"용언을 검술로 승화시키다니, 대단하군요!"

타르니슨은 드래곤의 용언을 일부 사용할 수 있는 유전자를 이어받았지만 그것을 자유자재로 변형시켜 사용할 수가 없었다.

그래서 그들은 용언이 만들어낸 에너지를 기반으로 한 검술을 발전시켜 지금의 검기를 고안해 낸 것이다.

하진은 사방에서 날아드는 사내들의 검을 단 일격에 정리해 냈다.

"허업!"

부웅, 콰앙!

"크허억!"

이윽고 그는 자신의 머리를 노리고 들어온 그녀의 검을 정면으로 쳐냈다.

끼이이이잉, 쾅!

"으윽!"

"내가 비록 소영지의 영주이긴 하지만 그리 호락호락한 사람은 아닙니다. 알아두는 것이 좋아요."

단 일격으로 인해 이미 마력과 체력을 전부 다 회복시킨 하진은 방패도 없이 곧장 적들을 향해 돌격했다.

"흐어업!"

패왕의 인장이 발현시킨 고유 스킬인 철벽이 전개되면서 하진의 주변에는 엄청난 양의 뇌전이 감돌기 시작했다.

츠츠츠츠츠!

"라, 라이트닝 스톰?!"

"희생은 불가결하다고 말씀드렸습니다."

"…정말 전력을 다해서 자신의 신념을 지키는 사람이로군요. 대단해요. 한 번쯤은 유혹에 못 이길 만도 한데요."

"만약 술자리에서 유혹했다면 당연히 넘어갔을 겁니다. 당신처럼 아름다운 여자가 스스로 안긴다는데 내가 미쳤다고 마다하겠습니까?"

"아아, 그런가요?"

"종족 번식이 정 시급하다면 방법을 바꾸어보는 것이 좋을 겁니다. 지금과 같은 강압에선 그 어떤 남자도 행복하지 않을 것입니다."

"그래요. 그렇군요."

그녀는 그만 검을 내려놓았다.

"됐어. 다들 물러가라."

"하지만 일리나 님."

"괜찮아, 모두 물러가."

"예, 알겠습니다."

일리나는 검을 갈무리한 후 하진에게 정중히 사과했다.

"미안합니다. 제가 너무 말도 안 되는 짓을 벌였어요."

"아닙니다. 그럴 수도 있지요."

"괜찮다면 술이라도 한잔하시겠어요?"

"좋습니다. 자고로 남자는 술과 여자는 마다하지 않는 법이라고 배웠습니다."

"아주 올바른 교육을 받으셨군요."

그녀는 하진을 자신의 침실로 안내했다.

"그럼 가실까요?"

"…그런데 술을 꼭 침실에서 마셔야 합니까?"

"제가 원래 밖에선 술을 잘 못 마시거든요. 예전의 불안하던 기억이 자꾸 떠올라서요."

"그, 그렇군요."

"그럼 저를 따라오세요."

"그래요."

한번 머리를 쓰기 시작하니 꽤나 고단수로 변하는 일리나이다.

\*　　　　\*　　　　\*

늦은 밤, 하진과 일리나 사이에 술병이 점점 쌓여간다.

"으음, 술이 꽤 센데요?"

"우리 일족은 원래 술과 친해요. 삶이 긴 만큼 술과는 떼려야 뗄 수 없는 관계라고 할 수 있죠."

그녀의 신비스러운 뿔과 아름다운 날개는 상당한 이질감을 가져다주기도 했지만, 그 환상적인 몸매와 미모로 인해 화려한 장식품처럼 느껴졌다.

일리나는 하진에게 자신이 살아온 인생에 대해서 털어놓기 시작했다.

"저는 어려서 타르니슨의 장군이던 아버지를 따라서 검을 배우고 전장에 나갔어요. 우리는 드래곤의 피를 이어받아 반드시 인간들을 격파할 것이라고 확신했죠. 하지만 수적으로 심각한 열세에 처해 있던 우리 타르니슨은 단 1개월의 항쟁을 끝으로 나라의 주권을 잃고 서부 대륙 전역으로 뿔뿔이 흩어졌습니다."

"상아탑과 성기사단의 연합군이 파상 공세를 펼친 모양이군요. 엘프족도 비슷한 일을 겪었다고 했습니다."

"그래요, 맞아요. 우리는 엘프들과의 동맹을 추진했지만 그들은 자주국방을 주장하고 있었죠. 그 탓에 우리는 공멸하고 말았습니다."

"아직도 엘프들을 원망하는 겁니까?"

"아니요. 자만에 가득 차 있던 우리가 바보였어요. 타르니슨은 3천 년의 수명을 가지고 있습니다. 그 긴 수명을 고통으로 가득 채운 자만이 그렇게 위험한 줄은 미처 몰랐던 겁니다."

"흐음……."

그녀는 울분에 차 술잔을 넘겼다.

꿀꺽!

"…후우, 분이 안 풀리는군요. 우리가 조금이라도 더 겸손하고 신중했다면 어린아이들이 저렇게 거리에서 몸을 파는 일은 없었겠죠."

"안타까운 일이군요."

일리나는 하진의 손을 잡았다.

"저희들은 이제 부흥을 꾀할 길이 순혈을 유지하는 것밖에 없어요. 제발 도와주실 수는 없나요?"

"하지만 저는 순혈이 아닙니다."

"드래곤의 심장을 이어받았지요. 저는 당신이 우리 순혈보다 훨씬 더 진한 드래곤의 피를 가지고 있다고 확신합니다. 아니, 어쩌면 당신은 드래곤 그 자체인지도 모릅니다."

"……"

"앞으로 당신에게 책임을 묻지는 않겠어요. 그러니 제발 저를 도와주세요."

생전 처음 보는 사람에게 자신의 씨를 뿌린다는 것은 썩 달갑지 않은 일이었지만 이 또한 대통합을 위한 일이라면 기꺼이 자신을 희생(?)할 준비가 되어 있는 하진이다.

"좋습니다. 그럼 오늘 하루만 헌신하겠습니다."

"…고마워요. 당신은 나를 이해해 주실 줄 알았어요."

그녀는 부드러운 날개로 하진의 얼굴을 쓰다듬었다.

"침실은 바로 뒤에 있어요."

"그렇군요."

일리나가 원피스의 단추를 풀자, 감탄이 나올 수밖에 없는 여체가 그 모습을 드러냈다.

그녀는 하진에게로 다가가 바지춤을 풀고 그를 침대로 인도했다.

"제가 남자 경험이 없습니다. 그러니 당신이 나를 리드해 줘요."

"알겠습니다. 내가 당신을 충분히 리드하겠습니다."

살짝 발그레해진 그녀의 얼굴과 도톰한 입술, 게다가 한 손으로는 절대 잡히지 않을 풍만한 가슴이 하진을 유혹했다.

그는 결국 더 이상 버티지 못하고 그녀를 짐승처럼 탐닉하기 시작했다.

일리나의 입에 입술을 맞추고 가슴을 살며시 어루만지자 그녀의 몸이 살며시 떨려왔다.

"아아……!"

하진은 그녀의 거친 숨소리로 인해 점점 더 흥분하기 시작했고, 결국 자신과 그녀의 연결 고리를 연결시켰다.

두 사람은 밤이 깊도록 몇 번이고 몸을 섞었다.


*         *         *


다음 날, 하진은 축 늘어진 채 침대에 누워 곤히 잠을 청하고 있었다.

"드르렁……."

낮게 코를 고는 그의 곁으로 다가온 일리나가 날개로 그의
얼굴을 간질이며 장난을 걸었다.

"잠꾸러기. 아직까지 자면 어떡해요?"

"…지금이 몇 시입니까?"

"정오가 거의 다 되어가요."

"허, 허억!"

어제 너무 격렬하게 그녀와 뒤섞이다 보니 시간 가는 줄 몰
랐던 그는 황급히 자리에서 일어섰다.

"이런……! 동료들이 기다리겠습니다!"

"언제까지 가서야 하는데요?"

"한 30분쯤 남았나?"

"…그렇다고 이렇게 가시게요?"

하진은 애절한 눈빛으로 자신을 올려다보는 그녀의 눈망울
을 보고 있자니 황급하던 마음이 스르르 녹는 것을 느꼈다.

"이것 참……."

"이쪽으로 누워요."

"흐음, 이러면 안 되는데."

"아잉……."

생전 처음 남자에게 애교를 부린다는 그녀의 교태는 하진
의 심장에 불을 질러 버렸다.

그는 결국 다시 한 번 그녀를 안을 수밖에 없었다.


정오가 가까워 오는 시각, 이제 슬슬 출발 준비를 꾸리는 엘프들이다.

"짐은 전부 배에 있던가요?"

"네, 그렇습니다."

"그나저나 영주님이 늦으시는군요. 어제 술을 많이 드셨나?"

잠시 후, 하늘에서 바람을 가르는 소리가 들렸다.

쐐에에에에엥!

"…이건?!"

바람을 타고 바닥에 안착한 사람은 다름 아닌 일리나의 품에 안긴 하진이었다.

하진 스스로도 날개를 펼칠 수 있긴 하지만, 아직까지 비행을 해본 적이 없어서 그 활강이 서툴기 그지없었다.

해서 그녀는 직접 하진을 이곳까지 데려다 주기로 한 것이다.

"제가 늦었습니까?"

"아니요. 거의 딱 맞춰서 오셨군요. 그나저나 저분은……?"

그녀는 스스로 자신의 소개를 올렸다.

"앞으로 이분의 첩이 될 수도 있는 여자라고나 할까요?"

"첩이요?"

"허, 험험! 첩이라기보다는 그……."

"연인이요?"

"으음, 그런 걸까요?"

엘프들은 도저히 이해할 수 없다는 표정을 지었다.

"그래서 첩이라는 겁니까, 연인이라는 겁니까?"

"그 중간이요?"

"…이해하기 힘든 일이군요."

뒤늦게 도착한 네이튼과 케레니슨은 속 시원하게 그 문제를 해결해 주었다.

"대장이 정실로 받아주면 정실이고 아니면 아닌 것이지."

"아니요, 저는 발목을 잡을 생각은 없어요."

"그럼 그냥 나그네군. 그렇지 않나?"

"그, 그런가?"

그녀는 아주 화끈하게 하진을 보내주기로 했다.

"아무튼 잘 가세요. 나중에 인연이 닿는다면 당신의 아이를 볼 수도 있겠죠."

"으음? 그게 뭔 소리야?"

"험험, 그런 것이 있어. 일단 출발하자고."

"……?"

한가득 의문만 남긴 하진은 그녀를 뒤로한 채 배를 띄웠다.

# 제8장
## 용족의 나라

하늘나무 마을 안 오두막.

피융, 타악!

에네스는 몸을 추스르자마자 활시위를 당기며 찰나의 전투에서 익힌 감각을 잊지 않기 위해 노력했다.

그는 자신을 추격한 세력을 찾아내 발본색원 하겠노라 다짐하며 이를 갈고 있었다.

"…절대로 살려두지 않겠다!"

감각이 무뎌질까 봐 활시위를 당기고 있긴 했으나 복수심으로 평정심을 잃은 그의 활은 과녁에 닿지 못하고 떨어져 내렸다.

사냥꾼 맥스는 그에게 활을 당길 때의 마음가짐에 대해 설명했다.

"활은 그 사람의 심경을 대변한다고 하지. 학자들은 정신 수양을 위해서 활을 쏘기도 한다네. 그만큼 활에는 잡념을 담아선 안 된다는 소리지."

"그렇군요."

"자네가 배신을 당했다는 것은 들어서 알고 있네만, 이 세상에 억울한 사연 하나 없는 사람은 없어."

"……."

맥스는 에네스에게 사냥을 떠날 것을 제안했다.

"때마침 말이 한 필 남는데 몸이나 풀 겸 사냥을 떠나보는 것은 어떤가?"

"사냥이요?"

"몬스터와의 대결은 한 치의 긴장감도 놓지 못하게 만드는 매력이 있지. 자네가 원한다면 함께 가줄 수도 있네."

그는 맥스의 말대로 잡념을 떨치지 못하면 아무것도 할 수 없다고 생각했다.

"이런 저를 데리고 가주실 수 있다면 저야 영광이지요."

"그래. 매일 이곳에 틀어박혀 있는 것이 안쓰러웠는데 잘되었군. 차비해서 마을 회관으로 오게. 오늘은 꽤 많은 인원이 사냥을 나가니 배울 것이 많을 거야."

"감사합니다."

그 마을의 행사에 참여한다는 것은 그 사람들의 문화와 정서를 이해할 수 있는 아주 좋은 기회였다.

에네스는 활과 화살을 챙겨서 회관으로 향했다.

웅성웅성!

겨우 열 명 남짓한 인원이 모였음에도 불구하고 마을 회관은 꽤나 시끄러웠다.

사냥꾼들은 일하는 내내 거의 말을 하지 않기 때문에 틈만 나면 수다를 떠느라 정신이 없었다.

잠시 후, 에네스가 도착한 것을 본 사냥꾼들이 슬슬 몸을 풀고 활시위를 점검했다.

"오늘의 몰이꾼은 누가 할 텐가?"

"새로 온 총각이 하는 것이 어떻겠습니까?"

"으음? 몰이꾼을 시켜도 되겠어?"

"처음부터 잘하는 사람도 있습니까? 한번 시켜보고 아니다 싶으면 다른 것을 시키면 되지요."

"하긴 그건 그렇지."

"첫 사냥부터 중요한 임무를 맡겨주셔서 감사합니다만, 저는 사냥을 해본 적이 별로 없습니다. 그래도 괜찮겠습니까?"

"몰이꾼이라는 것이 사실은 별것 없어. 그냥 우리가 있는 쪽으로 사냥감을 몰아주기만 하면 되는 것이거든."

"그렇군요."

"사냥감을 몰고 나면 깃발로 자신의 위치를 표시하고 스스로 위험에 처하지 않도록 유의해야 하네. 기껏 살려두었는데 활을 맞으면 곤란하지 않겠어?"

"하하하!"

마을 사람들의 농담에 에네스의 긴장도 조금은 풀리는 것 같았다.

"자, 그럼 가볼까?"

에네스까지 열한 명의 사냥꾼은 하늘나무 마을 인근 사냥터로 향했다.

*             *             *

테르나 산맥의 특성은 늪지대가 곳곳에 분포되어 있다는 것과 레벨 5~10사이의 저 레벨 몬스터가 넓게 분포되어 있다는 점이다.

가끔 보스급 몬스터가 나타나기도 하지만 그것은 어디까지나 정말 재수가 없을 때의 얘기다.

하늘나무 마을 사냥꾼들은 자신들의 안위를 위하여 사냥감을 외부에서 몰아와 매번 활을 당기는 곳에서만 잡았다.

이들은 자신들의 숫자가 그리 많지 않다는 것을 잘 알고 있기에 안전을 최우선으로 삼는 것이다.

다그닥, 다그닥!

에네스는 한 손에 크로스보우를 들고 산비탈을 내달리고

있었다.

"이랴, 이랴!"

일부러 시끄럽게 소리를 치고 사냥감에게 활을 쏴서 겁을 주게 되면 사냥꾼들이 매복하고 있는 곳까지 충분히 몰 수 있을 것이다.

오늘의 사냥감은 거대한 덩치의 순록으로, 이것을 한 마리 잡으면 마을 사람 모두가 충분히 배불리 먹을 수 있을 것이다.

거의 사냥용 말과 비슷한 크기의 순록을 사냥터로 몰아가던 에네스의 말이 갑자기 멈추어 섰다.

이힝힝!

"워워, 워어!"

무언가에 놀란 것으로 보이는 말이 한참 앞발을 들고 흥분해 있는데, 저 멀리서 엄청난 덩치의 곰이 달려오는 것이 보인다.

그는 자신이 절체절명의 위기에 놓였다는 것을 직감했다.

"아뿔싸! 이대로는 정말 죽겠구나!"

저 정도 덩치의 곰에게 잘못 걸리면 뼈도 못 추리고 곧바로 하직할 수밖에 없을 것이다.

에네스는 어떻게 해서든 말을 돌려서 마을로 돌아가려 했으나, 한 번 흥분한 말은 도무지 말을 듣지 않았다.

이힝힝!

"이, 이런……?!"

결국 말은 그를 기어이 낙마시켰고, 에네스는 바닥에 널브러질 수밖에 없었다.

퍼억!

"크허억!"

말에서 떨어지는 일은 생각보다 위험하기 때문에 제대로 방비를 하지 않으면 뼈가 부러질 수도 있었다.

뚜둑!

"끄으으윽!"

아니나 다를까, 에네스는 말에서 떨어지면서 팔꿈치에 골절상을 입었다.

그는 남은 한 팔로 땅을 짚고 일어섰으나, 가까스로 일어난 에네스의 앞에는 붉은 눈동자의 그리즐리가 서 있었다.

쿠오오오오오!

"이런 빌어먹을……!"

놈은 에네스를 향해 앞발을 휘둘렀고, 그는 그대로 반대쪽 팔마저 골절되며 저만치 날아가 버리고 말았다.

빠악!

"끄아아악!"

에네스의 피와 살점이 놈의 털에 튀어 오르자, 그리즐리는 더욱더 흥분하여 그의 다리를 향해 아가리를 벌렸다.

크아아아앙!

그는 더 이상 소리를 지르면 죽을 수도 있겠다는 생각에 죽은 척을 했으나, 곰은 에네스의 등짝을 물어뜯어 버렸다.

뚜둑, 뚜두둑!

"우으윽, 우으으윽!"

늑골이 부러지면서 생긴 고통을 감내한 에네스는 끝내 놈의 표적에서 벗어나게 되었다.

후욱, 후욱!

"끄으으······."

크게 숨을 내쉬지도 못할 정도로 엄청난 상처를 입은 에네스는 있는 힘을 다 쥐어짜내 고통을 감내해 냈다.

그러자 곰은 에네스가 죽었다고 판단하여 돌아서 자신의 갈 길로 가버렸다.

그제야 에네스의 눈에 두 마리의 새끼가 들어왔다.

'빌어먹을, 새끼를 낳고 기르고 있던 모양이구나. 주의력이 이렇게 없어서야······.'

놈의 활동 반경은 점점 넓어지고 새끼를 위한 공격성은 예년에 비해 훨씬 더 짙어졌을 것이다.

사냥꾼들은 놈이 이곳까지 내려왔으리라곤 전혀 상상하지 못한 모양이다.

에네스는 입을 꾹 다물고 곰이 사라지는 모습을 지켜보고 있다가 이내 자리에서 몸을 일으켰다.

뚜두둑!

"끄아아아악, 끄아아악!"

살점이 떨어져 나가면서 뼈와 근육이 밖으로 드러나 그의 몸 안으로 흙과 빗물이 전부 다 들어왔다.

그는 덜렁거리는 팔을 어깨의 힘으로 들어 올려 바위 위에 걸쳐놓았다.

척!

"후우, 후우!"

탈구된 어깨는 다시 끼우면 맞춰지기 때문에 빠진 길만 제대로 잡아주면 된다.

전쟁터에서 병사들이 하는 것을 몇 번인가 어깨너머로 지켜본 그는 스스로 재갈을 물고 뼈를 맞추어 넣었다.

뚜두두둑!

"우우욱, 우우우우욱!"

뼈를 맞출 때엔 극심한 고통이 수반되어 혀를 깨물 수도 있으니 어떤 식으로든 재갈을 물고 있는 것이 중요했다.

그는 나무로 만든 재갈을 물고 오른쪽 팔을 다시 끼워 맞추는 데 성공했다.

"후우, 후우!"

하지만 여전히 그의 몸에선 피가 분수처럼 튀어 오르고 있었기 때문에 이대로는 필시 죽음을 면치 못할 것이다.

"빌어먹을! 간신히 살아났나 싶었는데 결국 이 지경이군!"

이제 그는 한 발자국 걸을 힘도 남아 있지 않게 되었으나,

어떻게 해서든 다시 곰이 그를 죽이러 오는 일만큼은 막아야만 했다.

하지만 문제는 그가 이곳의 지리에 대해서 잘 모른다는 점이다.

"…도대체 여기가 어디야? 이러다간 정말 죽겠는데……."

점점 흐려지는 시선을 가까스로 다잡아보지만 도저히 제대로 눈을 뜰 수가 없는 에네스였다.

"허억, 허억!"

바로 그때, 그의 발이 평평한 땅바닥 안으로 푹 쑤셔 박혀 버렸다.

꿀렁!

"느, 늪지?! 이런 씨발!"

가뜩이나 몸도 성치 않은데 늪지대로 빨려들어 가면 십중팔구 죽음을 면치 못하게 될 것이다.

그는 늪지대 안으로 빨려 들어가지 않기 위해 발버둥을 쳤으나 전혀 소용이 없었다.

꿀렁, 꿀렁!

"어, 어푸, 어푸!"

순식간에 그의 몸을 잠식해 나간 늪은 결국 에네스의 신형이 보이지 않을 때까지 계속해서 집어삼켜 버렸다.

5분도 채 안 되는 시간 동안 멀쩡한 사람에서 망자가 되어 버린 에네스는 그렇게 숨을 거두어 버렸다.

하지만 바로 그때, 늪에서 이상한 일이 벌어졌다.

꽈드드드드득!

늪의 입구에 투명한 막이 생기더니 이내 그 안의 내용물들이 딱딱한 고체로 변해 버린 것이다. 그리고 그 안에선 푸르고 영롱한 빛이 새어 나와 주변을 밝게 비추었다.

끼이이이잉!

판판한 반석으로 덮어놓은 우물처럼 변한 늪지대의 주변으로 엄청난 양의 빛무리가 몰려들었다.

그리고 그 빛무리는 하나의 점이 되어 반석을 뚫고 들어갔다.

뚜두두두둑, 콰앙!

"크허어어억!"

빛무리가 만든 하나의 점은 에네스의 심장에 자리 잡았고, 그의 신체가 빠른 속도로 재구성되기 시작했다.

뚜두두두두둑!

"크허어억!"

그의 눈동자는 검붉은색으로 물들었고 핏기가 싹 가신 얼굴에는 고대의 상형문자들이 빼곡하게 들어찼다.

잠시 후, 에네스가 눈을 떴을 때엔 이미 심장이 멎어 박동이 없는 상태였다.

"후우, 후우."

심장의 박동은 없지만 그 심장이 보내는 마력으로 인하여 그의 몸은 그 어떤 생명체도 범접할 수 없는 경지에 도달해 있었다.

에네스는 늪지대에서 빠져나와 마을을 향해 무작정 걸었다.

"…빌어먹을, 뭐가 어떻게 된 거야?!"

하지만 잠시 후, 에네스는 이내 정신을 잃고 서서히 허물어지기 시작했다.

삐이이이익!

뇌를 파고드는 날카로운 이명에 의해 순간적으로 정신을 잃어버린 것이다.

이 짧은 시간이 흘러가는 동안, 에네스의 신체가 다시 한 번 재정비되어 완전무결한 상태가 되었다.

그리고 그의 기억 저편에는 또 하나의 기억이 각성했다.

에네스는 자신의 또 다른 이름을 이렇게 기억해 냈다.

"…데스 로드?"

그의 의식 속에서 또 다른 자아가 고개를 들었고, 그 자아는 마침내 에네스의 자아와 함께 뒤섞여 제3의 의식으로 다시 태어났다.

에네스는 미소를 지었다.

"후후, 후후후!"

에네스는 다시 마을로 향했다.

　　　　*　　　　*　　　　*

　헤이슨 제국의 대전.

　대신들은 황제 아카이드가 황태자를 유배 보낸 것에 반대하는 석고대죄를 올리고 있었다.

　"폐하, 부디 통촉하여 주십시오! 지금 당장 후사가 없이 국정을 운영하는 것은 어불성설입니다!"

　"통촉하여 주십시오!"

　헤이슨 제국의 제2 재상이자 황태자의 빙부 호가이튼 백작은 문신들을 총동원하여 석고대죄를 올리고 있었으나 무신들은 그 행렬을 달갑지 않게 받아들였다.

　"폐하의 의중을 몰라서 이런 궐기를 벌이는 것이오?! 황태자가 성노예를 끌어들이기 위하여 한 마을을 쑥대밭으로 만들었소! 이게 지금 말이나 되는 소리요?!"

　"사사로이 노예를 부리는 것이 국법으로 금지된 것도 아닌데 어째서 말이 안 된다는 소리요?! 국가의 이득을 위해서라면 한 마을을 파괴하는 것쯤은 감수해야 하는 것 아니오?!"

　"…뭐요? 그게 무슨 말도 안 되는 소리란 말이오?! 그렇게 치면 죄 없는 민간인을 학살하는 것이 전쟁의 미덕이라도 된단 말인가?!"

　"필요하다면 해야지. 우리 헤이슨 제국은 전쟁으로 세워진 국가요. 우리가 파괴를 멈춘다면 우리 후대의 자손들이 어떻게 번성할 수 있겠소?"

"전쟁은 국가와 국가가 하는 것이지 한 국가가 양민을 학살하는 것이 아니오! 공께서는 뭔가 단단히 착각하시는 것 같소!"

"착각? 과연 그 작은 마을과 황태자 전하를 맞바꿀 수 있단 말이오? 그대의 논리대로라면 우리는 나라 하나를 병탄할 때마다 황족을 한 명씩 유배시켜야 한단 말이오?!"

"뭐요?! 아주 겁을 상실했군!"

"바른 말을 하는 학자들에게 겁이 무슨 가당치도 않은 단어란 말이오! 우리는 황태자 전하를 지키기 위해서라면 죽음도 불사할 것이오! 그게 신하 된 도리가 아니겠소?!"

두 세력 사이의 마찰이 일어나는 것을 극도로 꺼려 온 황제 아카이드의 심정은 그야말로 처참하기 이를 데가 없었다.

그는 저 멀리서 대신들의 논쟁을 지켜보고 있는 내명부의 대모 오필리아를 바라보았다.

오필리아는 옅은 미소를 지은 채 그에게 고개를 숙였다.

황제는 자신의 뒤에서 갖은 수작을 다 부려가며 권력을 깎아 먹고 있는 그녀가 죽이고 싶을 만큼 미웠다.

하지만 저 여자를 처단함과 동시에 그는 패륜아가 되어 더 이상 국정을 운영할 수 없음을 잘 알고 있었다.

그는 오늘도 초인적인 인내심으로 이 모든 난리를 다잡아가고 있었다.

"조용, 조용!"

쿵쿵쿵!

황제의 한마디에 대신들이 일제히 입을 다물었다.

"짐은 분명 국법으로 성노에 무역을 금하였다. 관노나 시종들의 존립은 국가를 위해 타당한 일이나 성노는 한 사람의 사리사욕을 채우기 위한 임시방편에 불과하다. 현 제도대로라면 한 집안에 일부다처 들이는 것이 분명 불법은 아니다. 하지만 무분별하게 성노예를 들여서 나라의 기강을 어지럽힌다면 이 어찌 근엄한 제국으로서의 위엄을 갖추는 일이겠는가?"

"하나 그 사건으로 인해 황태자를 유배시키는 것은 옳지 못한 처사인 줄로 압니다!"

"…옳지 못하다? 어째서 그런가?"

"아비는 무릇 아들의 허물을 덮어주고 다독여 주는 것이 미덕입니다. 한데 어찌하여 그 먼 땅으로 유배를 보내 다시는 제국에 충성할 수 없게 만든단 말입니까? 황태자 한 사람의 부고로 인해 우리가 볼 손해는 실로 막대합니다. 과연 성노를 유입시킨 죄가 그 모든 것보다 중하다 할 수 있겠습니까?"

"그래서 공은 짐이 내린 황명을 어긴 반역자를 두둔하겠다는 말인가?"

"만약 신의 목숨이 황태자를 살릴 수 있다면 기꺼이 내어놓겠습니다."

"……"

이미 내명부에게로 기울어진 문신들의 국론은 지금의 황제가 실권을 강화하는 데 큰 걸림돌이 되고 있다.

물론 아카이드를 지지하는 군부와 기사단 세력이 있기 때문에 그가 어떤 결단을 내리더라도 황권이 흔들리는 일은 없을 것이다.

아카이드 역시 젊은 시절에는 군부와 기사단을 이끌고 직접 전장을 누빈 지휘관이자 장수이기 때문이다.

사람들은 아카이드를 '푸른 호랑이'라고 불렀다.

그는 호랑이처럼 날쌔고 맹렬하며, 절대로 물러서는 법이 없는 산중지왕의 기질을 가졌다.

때문에 수많은 기사들과 장수들의 귀감이 되었고, 지금까지도 그들의 절대적인 존경과 지지를 받고 있었다.

하지만 아무리 강력한 병권을 가지고 있다고 해도 문벌 세력들을 무시할 수는 없기에 그의 머리는 하루도 식을 날이 없었다.

'빌어먹을, 내명부를 다잡을 방법이 진정 없단 말인가?'

만약 이대로 시간이 흘러서 황태자가 병권을 장악하지 못하고 내명부에 의지한 문벌황제가 된다면 헤이슨 제국은 해상 제국의 명예를 잃어버리고 말 것이다.

그는 자신이 할 수만 있다면 황태자를 교체해 버리고 싶었지만 그 또한 여의치가 않았다.

둘째 황자는 지금 전쟁에 미쳐서 대륙 전역을 떠돌아다니고 있었는데, 그 성정이 워낙 포악해서 하루라도 살인을 저지르지 않으면 버티지 못하는 사람이었다.

만약 그런 그를 황태자로 옹립하게 되면 남부 대륙의 모든 나라가 불에 타 없어져 버릴지도 모른다.

그렇다고 막내인 셋째 황자를 황태자로 옹립하자니 문벌과 군벌 어느 한 곳에도 비빌 언덕이 없어서 문제였다.

심성이 곱고 머리가 좋은 셋째 황자이긴 하나 병약하고 소설이나 좋아하는 문학 소년이라 학문을 추구하는 학구파와 군벌들이 그를 없는 사람 취급하고 있었다.

세 아들이 전부 이 모양이니 그가 할 수 있는 선택은 거의 없다고 볼 수 있었다.

'내가 다시 태어나는 수밖에 없는 건가?'

아카이드 황제가 황태자 문제로 골머리를 썩고 있을 무렵, 그의 뇌리를 스치는 것이 있었다.

'별수 없지.'

그는 옥좌에서 일어나 이번 논쟁을 내일로 유보시키기로 했다.

"그만, 그만하라."

"폐하!"

"오늘은 두통이 심하니 내일 다시 어전회의를 소집하겠다."

"하, 하오나……."

"황명이다."

"예, 예, 폐하!"

머리를 부여잡고 침소로 들어선 그는 정보부 제3 부부장을 불러냈다.

"카이란."

스스스!

천장에서 뚝 떨어져 내린 그는 온통 검은색 천으로 몸을 칭칭 감고 있었다.

그는 그림자처럼 황제를 지키다 그의 밀명을 수행하는 정보부의 핵심 인물 중 하나였다.

"…부르셨습니까, 주군."

"사람을 찾아야겠다."

"하명하시지요."

황제는 자신의 품속에 잘 갈무리하고 있던 옥패를 꺼내어 그에게 내밀었다.

"나의 이복형제를 찾아오라."

"사라진 공왕 말입니까?"

"그렇다. 내명부의 추격에 의해 사라진 공왕 말이다. 내 이복동생 레비로스를 찾아오라."

"존명!"

파밧!

카이란은 반드시 그의 명에 따라 이복동생 레비로스를 찾아올 것이다.

레비로스는 선대 황제가 인간 소실로부터 얻은 진짜 순수 혈통 황족이었으나, 내명부의 암투에 목숨을 잃을 뻔하여 스무 살이 되던 해에 헤이슨 제국을 떠나 북부 대륙으로 건너갔다.

당시의 아카이드는 그가 황가의 마지막 순수 혈통이 될 수도 있겠다는 생각에 자신이 동원할 수 있는 모든 세력을 총동원하여 붙여주었다.

두 사람은 생각보다 말이 잘 통하여 국론을 논하는 일이 많았는데, 나이 차이가 다섯 살쯤 났다.

물론 레비로스에게 양위를 한다고 해도 그에게 후사가 없으면 말짱 허사이나, 그가 아카이드보다 몇 년만 더 살아주어도 충분히 후사를 마련할 수도 있을 것이다.

그는 이제 자신의 동생에게 모든 것을 걸어보기로 했다.

'부디 살아 있어다오.'

아카이드는 기도하는 심정으로 카이란의 귀환을 기다리기로 했다.

*       *       *

항해 두 달째, 하진은 드디어 서부 대륙 초입에 안착할 수 있었다.

무려 60일이 넘도록 배만 타고 달려왔으나 여전히 나타냐 산맥으로 들어가기엔 갈 길이 멀었다.

서부 대륙 초입의 작은 나라 에린스 공국은 부유한 왕국의 재정 상태에도 불구하고 강대국으로 부상하지 못한 비운의 국가였다.

원래 에린스 공국은 해상 제국을 꿈꿀 정도로 강성한 해군 세력을 가지고 있었으나, 헤이슨 제국과 신성 제국의 전쟁으로 인해 나라가 순식간에 피폐해져 버렸다.

양국에선 이곳을 중요 거점으로 사용하기 위해 매번 뺏고 빼앗기는 싸움을 계속해 왔고, 결국 에린스는 어떤 세력에도 치우치지 않는 중립을 선언했다.

제국의 입장에서 본다면 자신들의 지배권 하에 들어오지 않는 에린스를 멸망이라도 시켜야 하겠으나, 이곳이 워낙 중요한 거점인지라 차라리 중립으로 놓아두는 것도 꽤 괜찮은 방법이었다.

하진은 이곳에서 물자를 다시 충원하고 서부로 배를 띄우기로 했다.

에린스 공국에 들어선 하진은 이곳의 시장에 들러서 물자를 보충하면서 이상한 얘기를 전해 들었다.

"자네 그 얘기 들었나?"

"무슨 얘기 말인가?"

"나타샤 산맥에서 드래곤이 발견되었다는 것 말이야."

"에이, 그게 무슨 말도 안 되는 소리인가? 나타샤는 몇 백 년 전에 이미 동면에 들어갔다고 전해지지 않나?"

"그거야 화산이 분화를 멈추고 잠시 휴식을 갖는 것이나 같은 이치 아니겠나?"

"흐음, 뭐 그건 그렇지. 나타샤가 정말로 존재한다면 말이야."

"용족들이 하는 소리 못 들었나? 나타샤가 없다면 그 산맥에 그렇게 엄청난 몬스터들이 자생할 수 없다고 말이야."

"어디까지 소문에 불과한 말일세. 그것을 곧이곧대로 믿으면 세상 살아가는 것이 엄청 피곤하게 느껴질 것일세."

"그런가?"

하진은 장사꾼들이 나누는 얘기에 깊은 관심이 생겼다.

"저, 죄송합니다만 그 얘기에 저도 좀 끼워주실 수 있습니까?"

"으음? 청년은 방금 전에 밀가루를 사간 사람 아닌가?"

"예, 그렇지요."

"그리 어려운 얘기도 아니야. 얼마 전에 나타샤가 마을로 내려와 곡식과 조리 기구 같은 것을 싹 쓸어갔다고 하더라고."

"드래곤이 주방 집기를 가지고 갔다고요?"

"하하, 그러니 낭설이라고 하는 걸세. 드래곤이 미쳤다고 주방 집기를 털어가겠어? 드래곤이 무슨 식모도 아니고 말이야."

"흐음……."

"아무튼 나타샤가 마을에 모습을 보인 것은 이번이 처음은 아니야. 몇 번인가 이 마을에 내려와서 약탈 아닌 약탈을 벌였다고 하더군. 한 번은 음유시인들을 납치해서 데려가 노래를 부르게 시키고 금화 한 상자씩을 건넸다고 하더라고."

"드래곤이 음유시인을 데리고 가서 왜 노래를 시킵니까?"

"사람이 드래곤의 뜻을 어떻게 알겠어?"

"하긴, 그건 그렇지요."

"아무튼 신비한 여자야. 그 드래곤이라는 생명체는 말이지."

하진은 나타샤가 이곳에 모습을 드러낸 것이 단지 우연이 아니라는 생각이 들었다.

지금까지 계속해서 모습을 감추고 있던 나타샤가 도대체 무엇 때문에 이곳에 모습을 드러낸 것일까?

그는 나타샤의 이런 행동이 엘프의 삼국동맹이나 타르니슨의 왕국 재건 활동과 연관이 있다고 생각했다.

'그래, 그녀가 움직이기 시작한 것은 어쩌면 좋은 징조일 수도 있어. 드래곤은 그리 쉽게 경거망동하는 종족이 아니니까.'

물론 그녀가 어째서 주방 집기들을 가지고 갔는지는 알 수가 없지만 중요한 것은 그녀가 아직 동면 상태는 아니라는 것이다.

하진은 더 이상 지체할 것 없이 배를 띄워 나타샤 산맥으로 향했다.

*     *     *

항해 3개월째, 드디어 하진의 일행은 나타샤 산맥에 도착했다.

휘이이잉!

먼 길을 돌아서 이곳까지 오긴 했지만 도저히 사람이 살 곳은 아니라는 생각이 들었다.

"춥군요."

"내가 예전에 본 나타샤 산맥은 이 정도로 춥지는 않았어. 아마 그녀가 정말로 동면에서 깨어난 것이 아닌가 싶군."

"어쩌면 장사치들의 말이 헛소리가 아닐 수도 있겠어."

나타샤 산맥의 초입부터 불어 닥친 냉기류는 작은 함선쯤은 곧바로 뒤집어 버릴 수 있을 정도로 강력했다.

하진은 배를 산맥의 입구에서 조금 멀리 떨어뜨려 정박시킨 후 걸어서 산맥 정상까지 가기로 했다.

고오오오오!

"…앞이 잘 안 보이는군요!"

"제기랄, 눈이 이렇게 많이 올 줄 알았다면 날이 좀 풀리고 올 걸 그랬군!"

"지금 그 소리는 농담이지?"

"반반이랄까?"

일행은 마을에서 구비한 아이젠과 지팡이에 의지해서 산을 오르고 있었지만, 언제까지 이런 상태로 산을 오를 수 있을지는 미지수였다.

그렇다고 샤먼이 길들일 수 있는 몬스터도 없는 상황에서 의지할 수 있는 것은 오로지 두 발뿐이었다.

10분에 30㎝씩 쌓이는 눈을 헤치고 산을 오르던 하진은 어느 순간부터는 눈이 별로 내리지 않는다는 것을 알 수 있었다.

"어, 어라?"

"이상하군. 산맥의 초입만 눈이 내리고 그 이상부터는 눈이 내리지 않고 있어."

"이게 도대체 무슨 조화야?"

잠시 후, 하진은 저 멀리 한 인영이 눈밭을 돌아다니고 있는 것을 발견했다.

그는 망원경을 꺼내어 그 인영을 살폈다.

긴 생머리에 푸른색 코트를 입은 것으로 미뤄보아 아무래도 여성이 아닌가 싶었다.

"저 여자가 바로 드래곤일까?"

"으음, 드래곤이라기엔 뭔가 좀 이상하지 않아? 드래곤이 산에서 약초를 캐러 다닌다고?"

"약초?"

"저 옆구리에 있는 것을 좀 봐. 바구니 아닌가?"

하진은 다시 한 번 망원경을 들여다보았다.

"어어? 정말 바구니가 있네?"

"뭐야? 주방 집기를 사들이는 것으로도 모자라 약초까지 캐러 다닌다?"

"별 이상한 취미를 가진 드래곤도 다 있군."

"워낙 오래 사는 그들이니 별의별 취미를 다 가지고 있다고 해도 그리 놀랄 일은 아니지."

"흐음, 그건 그런가?"

"아무튼 그녀에게 한번 말이라도 걸어보자고."

일행이 그녀에게로 다가가려는 바로 그때, 하늘에서 거대한 몸집의 몬스터들이 떨어져 내렸다.

부웅, 콰앙!

"크허억!"

"뭐, 뭐야?! 마른하늘에서 몬스터가 막 떨어져?!"

"드디어 시작인 모양이군요! 이 몬스터들에게선 용언이 느껴집니다!"

"쳇, 순순히 우리를 받아줄 수는 없다 이거군."

하진은 대검을 뽑아 들었다.

챙!

"좋아, 싸워야 한다면 기꺼이 상대해 주지!"

"좋지!"

일행은 드래곤을 상대하기 위해 진영을 짜고 전투를 준비
했다.

# 제9장
## 최강의 생명체

　드래곤이 소환해 내는 몬스터들의 강력함은 인간이 상상하
는 것과는 아예 괴리감이 느껴질 정도였다.

　부웅!

　높이 15미터의 엄청난 크기의 설인이 휘두르는 주먹을 대검
으로 막아낸 하진은 온몸의 뼈가 다 저려오는 것을 느꼈다.

　까앙!

　"크윽! 놈, 주먹이 거의 바윗덩이인데?!"

　"바윗덩이라고 해도 총에 장사 있겠어?"

　철컥!

　케레니슨은 영혼석이 자리 잡은 심장에서 끌어낸 마력을

총구로 집중시켰다.

스스스스!

그의 탄환은 구천을 떠도는 악귀의 힘을 잠시 끌어냈고, 그 것은 극한의 마이너스 에너지를 발산시켰다.

이윽고 그는 마력으로 그것을 다시 한 번 응축시켜서 일격 필살의 탄환을 쏘아냈다.

타앙!

끼에에에에엑!

악령이 깃든 일격필살의 탄환이 예티의 심장을 관통하자, 놈의 몸이 서서히 썩어서 부식되기 시작한다.

쿠오오!

네이튼은 하진이 전방을 사수하는 틈을 타 놈의 머리를 쳐 냈다.

"허업!"

쒜에에에에엥!

그의 창에 불이 붙더니 이내 그 주변의 공기를 빨아들여 아주 작은 불의 점을 만들어냈다.

그리고 그 점은 예티의 목에 달라붙어 머리를 날려 버렸다.

콰앙!

"후우, 한 마리 처리하는 것이 결코 쉽지가 않군."

"잠시만 그대로 계세요! 회복마법을 걸겠습니다!"

아무리 흡혈을 도와주는 옵션과 마법을 부여받았다곤 해

이제 파티는 하진의 뒤에서 거들기만 하면 사냥은 끝나는 셈이다.

깡가가가가강!

하진이 몬스터들의 파상 공세를 방패로 막아내자, 그 주변으로 라이트닝 스톰이 마구잡이로 떨어져 내렸다.

콰과과과광!

끼에에에엑!

끝도 없이 쏟아져 나오는 몬스터들의 행렬이 계속되면 계속될수록 하진은 더욱더 강력한 힘을 발휘하였다.

팅팅팅팅!

라이트닝 스톰이 마치 물줄기처럼 주변을 물들이고 있을 무렵, 그의 머리 위로 이제껏 보지 못한 엄청난 크기의 몬스터가 떨어져 내렸다.

콰앙!

"크허억!"

─오만 방자한 놈들, 이곳이 어디인 줄 알고 감히 검을 꺼내 놓는 것이냐?!

네 장의 날개를 가진 백색 악마는 하진의 앞에 채찍을 쳤다.

촤락!

그러자 그의 주변으로 얼음송곳이 떨어져 내리면서 엄청난 파괴력을 자아냈다.

펑펑펑펑!

까앙!

"크윽!"

황급히 드래곤 본과 스킨으로 만들어진 방패를 꺼내 든 하진은 그것으로 우산을 만들었다.

촤락!

이 방패는 평소에는 손잡이 형태를 유지하다가 하진이 방패를 꺼내겠다는 의지를 담으면 사각 방패의 형태를 만들어낸다.

하진은 가까스로 공격을 피해내긴 했지만 놈의 파상 공세가 다시 한 번 몰아친다면 분명 내상을 입을 것이라고 생각했다.

그런 그의 생각을 간파한 케레니슨이 놈의 다리로 30발의 연속 사격을 퍼부었다.

철컥!

탕탕탕탕탕!

마력으로 이뤄진 30발의 탄환은 크리티컬 데미지가 450%나 증가하기 때문에 잘만 맞으면 아무리 거대한 몬스터라고 해도 주춤할 수밖에 없을 것이다.

서걱!

크아아악!

"명중이다! 아직까지 주변에 남아 있던 악령탄의 잔재가 효과를 발휘한 모양이야!"

"천만다행이군. 잘못하면 정말로 죽을 뻔했어."

철벽은 처음 스킬을 발동하고 난 후 재사용 딜레이가 5초쯤 되기 때문에 그 틈을 놓치면 꼼짝없이 죽고 만다.

하진은 케레니슨 덕분에 5초를 벌었다.

"다시 일어나 덤벼라! 전기 찜질을 맛보게 해주마!"

―이놈들, 나의 주인께서 진노하신다면 네놈들이 문제가 아니라 인간들이 멸망하게 될 것이다!

"나는 멸망이 아니라 드래곤 로드의 전언을 전하러 왔을 뿐이다!"

―…뭐라?

바로 그때, 눈보라 속에서 한 여인이 바람을 타고 하진 앞에 나타났다.

파밧!

그녀는 순백색 머리카락에 은빛으로 반짝이는 눈동자를 가지고 있었다.

"인간, 드래곤 로드를 사칭하면 어떻게 되는지 알고 있나? 전 종족의 적이 되고 싶은 건가?"

"당신이 바로 나타샤입니까?"

"그렇다. 내가 바로 이 산맥의 주인 나타샤다."

하진은 동료들에게 한 발자국 물러날 것을 청했다.

"뒤로 조금만 물러나 있겠어?"

"괘, 괜찮겠나?"

"괜찮아. 나는 이곳에 올 권리가 있는 사람이니까."

잠시 후, 그는 자신의 심장에 잠들어 있는 쿠르드의 용언을 폭발시켰다.

쿠르르릉, 콰앙!

크아아아아앙!

온몸에 황금빛 뇌전이 일어나더니 그의 입에서 골드 브레스가 뿜어져 온통 어둠뿐이던 하늘을 금빛으로 물들였다.

촤르르르릉!

마치 아침의 여명이 떠오르듯 그녀의 레어 주변으로 금색 용언의 덩어리들이 가루처럼 떨어져 내렸다.

그제야 그녀는 하진이 정말로 쿠르드의 전신이라는 것을 알 수 있었다.

"로, 로드?! 정말로 로드 당신이십니까?!"

"저는 드래곤 로드가 선택한 인간입니다. 그분께서 대륙 각지에 흩어져 있는 이종족과 드래곤들을 하나로 모아달라고 전언하셨지요."

그녀는 두 팔을 벌려 하진을 꽉 끌어안았다.

"흑흑, 쿠르드!"

"진정하시죠. 저는 쿠르드가 아니라……"

"…상관없어. 네가 누구이든 그의 심장을 가졌다는 것만으로 충분하니까."

냉철하고 이성적이라고 알려진 그녀는 의외로 순수한 감성과 쿠르드에 대한 깊은 애정을 가지고 있었던 것이다.

그녀가 가지고 있는 의외의 모습을 발견한 하진은 자신도 모르게 손을 뻗어 나타샤의 차가운 어깨를 감싸 안았다.

순간, 그는 꿈에도 몰랐던 두 사람의 기억이 각성하는 것을 알 수 있었다.

"쿠르드……."

"나의 눈꽃……."

"쿠, 쿠르드?!"

"미, 미안합니다! 그가 가지고 있던 기억이 각성해서 그렇습니다. 두 사람의 추억을 훔칠 생각은 없었습니다."

그녀는 미소를 지었다.

"괜찮아. 당신이 누구이든 쿠르드의 심장을 가지고 있으니."

두 사람은 꽤 오래도록 서로의 체온을 느끼고 있었다.

*　　　　*　　　　*

중앙 대륙 테르나 산맥의 서부지역.

쿵, 쿵, 쿵!

진군의 북이 울려 퍼지는 전장의 한가운데, 라이너스가 황당한 표정으로 참모들을 바라보고 있다.

"…누가 없어졌다고?"

"죽여주십시오! 저희들이 미처 생각지 못한 찰나에 일이 벌어진지라……."

"지금 그걸 말이라고 하는가?! 참모장을 잃어버리고도 전쟁을 치를 생각을 했다니, 다들 정신이 어떻게 된 모양이군!"

잠시 후, 파르스트가 모습을 드러냈다.

"전하, 소신이 참모장을 맡겠습니다!"

"…파르스트 자작?"

"소신이 전하를 위해 가장 먼저 달려나가고 가장 먼저 희생할 수 있습니다!"

"……."

파르스트는 오로지 전쟁으로 출세를 노리는 사람으로서 라이너스 형제와 반대되는 차비파 세력이라고 할 수 있었다.

그는 차비의 심복으로서 전쟁에 참전했다가 큰 공을 몇 번 세우고 참모장의 자리에 올랐다.

앞으로 그가 전쟁에서 어떤 일을 벌일지 알 수가 없는 라이너스였다.

'이런 눈엣가시가 또 일을 벌였군!'

분통이 터질 것 같은 라이너스였지만 지금으로선 별다른 대안을 찾을 수가 없었다.

라이너스는 사라진 지휘봉 대신에 자신이 가지고 있던 말의 채찍을 건넸다.

"우선 급한 대로 이것이라도 가지고 참전하게. 자네에게 임시 참모장을 맡기겠네."

"감사합니다!"

아마 전, 전대 참모장들도 이런 식으로 사라졌을 것이고, 앞으로 자신의 앞길을 막는 놈들은 모조리 실종시켜 버릴 파르스트였다.

라이너스는 이자를 어서 빨리 없애지 않으면 큰 후환이 되겠다 싶었다.

'하지만 어떻게……?'

바로 그때, 막사 밖에서 한 병사가 다급하게 라이너스를 찾았다.

"전하, 전하!"

"무슨 일이냐?"

"잠시 나와보셔야 할 것 같습니다!"

"뭐라?"

그는 무심결에 병사를 따라 막사를 나섰다. 그리고 그는 자신의 눈을 몇 번이고 비비고 의심하는 광경과 마주하게 되었다.

까악, 까악!

까마귀가 날아다니는 평원 위에서부터 한 사내가 사람의 목이 줄줄이 달린 달구지를 직접 끌고 오는 것이 보였다.

라이너스는 경악에 찬 감탄을 내뱉었다.

"에네스 백작?!"

에네스는 피로 물든 자신의 등에 차고 있던 듀얼 크로스보우를 꺼내어 장궁을 분리시켰다.

쫘드드득, 피융!

퍼억!

그가 쏜 화살은 다름 아닌 파르스트 자작의 허벅지에 맞았고, 그는 그 자리에서 한 바퀴 굴러 땅에 떨어지고 말았다.

"크허억, 으허어어억!"

잠시 후, 딱딱하게 굳어버린 참모들 사이로 걸어온 에네스가 그의 앞에 100개가 넘는 사람 머리를 땅바닥에 쏟아냈다.

촤라라라락!

"…에네스 백작?"

"전하, 이자가 자객을 사주하여 소신을 죽음 직전까지 내몰았습니다! 하여 소신이 직접 그 끄나풀들을 죽이고 한 사람을 사로잡았습니다!"

그는 달구지 아래에 깔려 간신히 숨을 내쉬고 있는 남자를 바닥으로 끌어 내렸다.

퍼억!

"으히에에에에엑!"

"놈, 전하께 바른대로 고하라. 그럼 전하께서 목숨은 살려 주실지도 모른다."

"저, 저는 그냥 파르스트 저 작자가 시키는 대로 움직였을 뿐입니다! 정말입니다! 에네스 백작이라는 사람이 누구인지도 몰랐습니다! 정말입니다!"

라이너스는 속으로 쾌재를 불렀다.

'오호라, 에네스를 전장에 풀어놓으니 아주 제대로 사냥개 노릇을 해주는구나.'

손도 안 대고 코를 풀게 생긴 라이너스는 파르스트의 다친 허벅지에 다시 한 번 칼을 꽂았다.

퍼억!

"끄아아아아아악!"

"빌어먹을 녀석이군. 이 작자를 왕도로 압송하고 관련자를 색출하라!"

"예, 전하!"

라이너스는 두 팔을 벌려 에네스를 맞이했다.

"이리 오시게, 매부! 얼마나 고생이 많았나?!"

"아닙니다, 전하!"

"하하, 전하는 무슨! 그냥 편하게 형님이라고 부르게!"

"서, 성은이 망극합니다!"

"하하, 하하하!"

라이너스는 에네스를 안고 한참이나 등을 다독이며 그를 칭찬하기에 바빴다.

이로써 에네스는 일개 무장에서 한 단계 올라서 왕세자 형제의 오른팔로 급부상하게 되었다.

　　　　　　＊　　　＊　　　＊

　아케인 왕국의 남서부 지역 설원 지대.

　다그닥, 다그닥!

　말을 탄 사내가 설원 지대 한가운데에 있는 작은 고저택으로 달려왔다.

　쿵쿵쿵!

　"계시오?! 누구 없소?!"

　그러자 저택의 문이 열리며 아주 늙은 집사가 모습을 드러냈다.

　"누구십니까?"

　"이곳이 레비로스 공왕전하가 계신 곳이 맞소?"

　"…누구요?"

　"레비로스 전하 말이오. 지금 폐하께서 전하를 급히 찾으시오. 화급을 다투는 일이라고 전해주시오."

　"그런 사람은 여기 없소만……."

　사내는 길고 날카로운 레이피어를 뽑아 노인의 목덜미에 들이대며 말했다.

　"…화급을 다투는 일이라고 하였소. 지금 공왕전하의 손에 제국의 흥망성쇠가 달렸단 말이오. 알겠소?"

　"흐음, 그런 일이……?"

　"어서 전하시오. 폐하께서 전하를 애타게 찾으신다고 말이오."

바로 그때, 노인이 자신의 얼굴을 한 꺼풀 뜯어냈다.

부우우욱!

"형님께서 나를 찾으신다?"

"…전하!"

사내는 말에서 내려 바닥에 납작 엎드려 그에게 절했다.

"죽여주십시오! 이 미천한 자가 전하를 알아 뵙지 못했습니다!"

"아니, 자네는 알고 있지 않았나? 그리고 내가 형님의 사람을 죽이지 않는다는 것도 알고 있고."

"……."

"일어나게. 형님께서 무슨 전언을 보냈는지 읽어는 봐야 할 것 아닌가?"

사내는 자리에서 일어나 그에게 황제의 전언을 전했다.

"폐하께서 양위를 원하십니다."

"뭐라?"

"전하께 양위하실 생각이십니다. 그것만이 내명부의 세력을 약화시키고 정통 황조를 지킬 수 있는 유일한 길이라고 생각하시는 겁니다."

"하지만 형님께선 슬하에 자식을 두었을 텐데? 내명부에서 가만히 있겠나?"

"황태자는 지금 유배를 갔고 2황자는 전쟁에 미쳐서 집에

돌아오지 않습니다. 3황자는 병약해서 언제 죽어도 이상하지 않지요."

"으음."

"가능하다면 후사를 준비해서 황궁으로 급히 돌아오시기를 바라고 계십니다."

"그러나 내가 그곳으로 돌아간다면 우리 형제와 내 슬하의 자식들은 목숨을 걸어야겠지."

"위험을 감수하지 않은 양위는 없습니다."

그는 가족을 걱정하면서도 30년 전의 약속을 잊지 않고 있었다.

"결국 내가 가야 할 때가 온 것이군."

"전하, 부디 심신을 굳건히 하시지요!"

종이 황제는 언제 죽어도 이상하지 않은 자리이니 스스로 죽을 자리로 가는 것이나 마찬가지일 수도 있었다.

하지만 그는 자신을 위해 지금까지 사치 한 번 하지 않고 살아온 형을 위해 한 목숨 바치기로 했다.

"유배 간 동생을 위해 지금까지 비단 금침 한 번 사용하지 않던 형님이 아니신가? 아우가 되어서 이곳에 틀어박혀 나라가 망하는 꼴을 두고 볼 수는 없지."

"그럼 일단 소신과 함께 황궁으로 입궐했다가 다시 이곳으로 돌아와 자세한 청사진을 그리시지요."

"그러세."

두 사람은 곧장 말 한 필을 준비하여 헤이슨 제국으로 향했다.

*　　　*　　　*

나타샤의 둥지 안.

하진은 그녀가 지금까지 모은 정보를 토대로 나머지 다른 드래곤들이 어디에 기거하고 있는지 파악해 냈다.

대체적으로는 산과 늪지대에 분포하고 있었으나, 바다 아래에 둥지를 틀고 사는 경우도 있었다.

"우선 이들을 먼저 다 찾아낸 후에 나머지 종족들을 통합하면 되겠군."

"아닙니다. 그렇게 되면 신뢰 관계를 잃은 동맹만 남을 뿐입니다."

"신뢰, 어차피 그들은 우리가 힘으로 통합할 수 있는 종족들이다. 그런 번거로운 작업은 필요 없다고 볼 수 있지."

하진은 고개를 가로저었다.

"쿠르드 님의 통합 정책은 이해와 신뢰를 기반으로 합니다. 그래야 후일에 대통합의 시대가 도래했을 때 태평성대가 펼쳐질 수 있으니 말입니다."

"흐음, 그렇군. 하여간 복잡한 일을 추진하는 사람이라니까."

"그렇지만 그것이 옳은 일이라는 사실을 당신 역시 잘 알고 있지 않습니까?"

"그건 그렇지."

"아무튼 당신은 삼국 연합에서 저의 증인이 되어주신다면 좋겠습니다."

"그거야 걱정할 필요 없어. 용언을 걸고 약속한다면 아무리 의심이 많은 드워프들이라도 어쩔 수 없겠지."

"고맙습니다."

이제 하진 일행은 더 이상 힘들게 배를 타고 움직이지 않아도 나타샤의 공간이동마법을 통해 대륙의 끝까지 갈 수 있게 되었다.

그들이 이곳을 떠나기 전, 나타샤는 자신이 이곳을 혼자서 떠날 수 없다는 것을 알렸다.

"우리가 이곳을 떠나기 전에 함께 가야 할 사람이 있어."

"그게 누굽니까?"

"나의 친구."

"친구요?"

"내가 아주 아끼는 사람이다. 이 사람을 위해서라면 기꺼이 나의 명예도 내놓을 수 있지."

드래곤이 이렇게까지 목숨을 내어놓고 믿을 수 있는 사람이라면 당연히 신뢰할 수 있는 사람일 터였다.

하진은 그녀에게 드래곤의 명예까지 내놓을 수 있는 사람에 대해 물었다.

"그런 사람이 있다니, 저도 친해지고 싶군요."

"같은 인간이니 함께 알고 지내는 것도 나쁘지는 않겠다고 생각해."

잠시 후, 하진의 앞에 아까 전에 청색 코트를 입고 약초를 캐던 여자가 다가왔다.

하진은 그녀에게 악수를 건넸다.

"저는……."

하지만 그녀가 얼굴을 들었을 때, 두 사람은 아무런 말없이 그 자리에 딱딱하게 굳어버리고 말았다.

"……."

"……."

"뭐야? 왜 그래? 둘이 서로 아는 사이야?"

순간, 하진은 가슴속에서 뭔가 뜨거운 것이 울컥 올라오는 것을 느꼈다.

"…다, 당신이 여긴 어떻게?"

"그, 그러는 당신은?"

"정말로 서로 아는 사이인 모양이지?"

두 사람은 고개를 끄덕였다.

"잘 알지요."

"으음, 그래? 의외로군. 이 여자는 지구라는 차원에서 왔는데 말이야."

"저도 그렇습니다. 저 역시 지구라는 차원에서 왔지요."

"뭐, 뭐라?! 이런 우연이……?!"

"대장, 그렇다면 둘이 어떤 사이였는데?"

하진은 아무런 대답을 하지 못했고, 그녀 역시 같았다.

*      *      *

아무도 없는 밀실 안, 하진과 선미가 함께 마주 앉아 있다.

그녀는 아까부터 아무런 말도 없는 하진에게 야속하다는 듯이 물었다.

"내가 보고 싶지 않았어요?"

"……"

"나는 당신이 보고 싶어서 매번 몰래 훔쳐보곤 했어요. 하지만 한 번도 연락하지는 못했죠. 우리가 함께 갔던 극장, 술집, 식당, 카페, 여관까지. 당신은 여전히 그곳을 맴돌고 있더군요."

"그래, 그랬지."

두 사람은 집안의 반대로 헤어진 후 단 한 번도 연락을 하고 지낸 적이 없었다. 하지만 서로가 너무 그리워서 항상 서로의 주변을 맴돌고 있었던 것이다.

하진은 지금 당장 그녀에게 자초지종을 묻지는 않았다.

"천천히 얘기하자. 지금 당장은……"

"그래요. 나도 시간이 필요해요. 이곳에선 시간이 많을 테니 천천히 얘기해요."

두 사람은 서로의 손을 바라보고 있었지만, 선뜻 그것을 잡을 생각은 하지 못했다.

이미 베갯머리송사를 몇 번이나 나누었는지 알 수 없는 두 사람은 서로에 대해 너무나 잘 알고 있었다.

그렇기 때문에 이 먼 타 차원에 와서도 서로에게 다가가는 것을 심사숙고하는 것이다.

"아무튼 우리와 함께하겠어?"

"물론이죠. 당신이 나를 놓지 않는다면 말이죠."

하진은 그녀의 어깨에 손을 올렸다.

"난 당신을 절대 놓지 않아. 최소한 이곳에서 지구로 돌아갈 때까진 말이야."

"…그래요. 고마워요."

서로를 바라보는 숨소리마저 어색한 그들에게 나타샤의 목소리가 들려왔다.

"자, 그럼 출발하자고."

"그러시죠."

그녀는 자연스럽게 하진의 손을 잡았고, 하진은 어색한 표정을 지었다.

"왜, 왜……."

"왜긴, 쿠르드의 손을 잡는 데 이유가 필요할까?"

"…전 쿠르드가 아닙니다."

"그래도 나에겐 여전히 쿠르드야."

그녀와 하진의 사정에 대해 전해 들은 선미는 억지로 미소를 지어 보였다.

"그, 그럼 이만 갈까요?"

"저, 저기……."

하진은 황급히 그녀의 뒤를 따랐고, 나타샤는 잠시 그 자리에 멈추어 서 있었다.

# 외전

그, 그리고 그녀

늦은 밤, 홍대 거리에 풍악이 울려 퍼지고 있다.

쿵덕, 쿵덕!

"어얼쑤!"

늦은 밤임에도 불구하고 이곳에 고전 가락이 울려 퍼지는 것은 젊은 국악인들이 서양의 문물로 채워진 밤 문화를 조금이나마 개선하기 위함이었다.

그들은 아름다운 색채의 한복을 개량하여 입고 풍물놀이의 신명나는 가락에 맞춰 춤을 추고 있었다.

물론 지금 이 한국형 밤 문화 축제에 동원된 사람들은 예술을 전공한 젊은이들이었지만 그들은 일정한 형식이 없는,

이른바 '막춤'을 추고 있었다.

현대식 막춤이 어울리는 음악은 아니었지만 충분히 흥겹고 술에 취해서도 흔들거릴 수 있는 가락이었다.

"딸꾹! 저게 뭐야?"

"부중대장님, 2차를 가셔야지요!"

"잠깐, 그래도 저게 뭔지 궁금하지 않습니까?!"

연하진 중위는 자신의 앞에 펼쳐진 전통의 가락을 지켜보며 연신 미소를 짓고 있었다.

"잠깐, 여기서 한잔하면 어떻습니까?"

"예?! 에이, 그래도 그건 아니지요. 좋은 곳도 많은데 왜 하필이면 노상에서 술을 마십니까?"

"그래도 좋잖습니까?! 이렇게 색다른 가락에 춤을 추면서 술을 마실 수 있다는 것이 말입니다!"

"거참, 하여간 취향 참 특이한 사람이라니까."

"어떻습니까?! 갑시다! 저쪽으로 가면 제가 오늘 3차는 쏘겠습니다!"

"어휴, 저 괴짜가 또 시작이네!"

하진은 자신이 부중대장으로 있는 파병부대의 중대원들과 함께 회식을 하던 도중에 홍대 거리의 화려한 풍물놀이 패를 발견했다.

원래대로라면 중대원들과 함께 클럽에 들어갔어야 하지만, 지금 그는 이렇게 특색 있는 풍경을 그냥 지나칠 수가 없었다.

중대원들이 부중대장의 특이한 취향에 맞추어 억지로 풍물놀이 패에 끼어들었지만, 그게 그리 나쁜 일만은 아니었다.

"어머나, 특이한 분들이시네요! 같이 노실까요?!"

"아하하, 아하하하! 물론이죠!"

"어얼쑤, 좋다!"

이 행렬에 있는 여자들의 미모는 TV에 나오는 연예인 뺨치는 정도였기 때문에 타국에서 한참 굶주렸다가 귀국한 군인들에겐 거의 천사처럼 보였다.

매일 강행되는 훈련에 지친 중대원들은 오늘만큼은 무장해제하고 정신을 놓고 풍물놀이에 몸을 맡겼다.

아름다운 한복 치마의 물결에 휩싸여 빙글빙글 돌던 하진은 단아한 얼굴의 여성과 마주쳤다.

그는 미소를 지었다.

"하하, 한잔하고 노시지요!"

"술을 가지고 다니시나요?"

"아니요! 그냥 이 놀이에 어울릴 것 같아서 막걸리를 좀 사 봤습니다! 클럽에서 맥주를 마시나 풍물놀이를 하며 막걸리를 마시나 뭐가 다릅니까? 어차피 노는 것은 같은데."

그녀는 하진의 말에 공감한다는 듯이 고개를 끄덕였다.

"좋아요. 한잔할까요?"

"자자, 받아요!"

티디디딩, 팅팅팅팅!

신명나는 꽹과리 소리가 점점 빨라짐에 따라 하진의 춤사위도 조금씩 빨라지기 시작했다.

"하하, 하하하!"

"잘 노시네요!"

"제가 원래 노는 것은 어디 가서 안 빠집니다! 함께 놀까요?"

"그래요, 같이 놀아요!"

그녀들과의 놀이에 빠져든 하진과 중대원들은 늦은 밤이 되어서도 거리를 떠나지 못했다.


다음 날, 하진은 깨질 듯한 머리를 부여잡으며 자리에서 일어섰다.

"으음, 머리가 깨질 것 같군. 도대체 얼마나 퍼마신 거야?"

1차로 소주를 각 열 병이나 마시고 막걸리를 그렇게 마셔댔으니 당장 병원으로 실려 가지 않은 것이 용할 지경이다.

하진은 자신의 등을 떠받치고 있는 폭신한 솜이불을 바라보았다.

"솜?"

그는 자신이 누워 있는 이곳이 전통적인 한옥이며, 그가 깔고 잔 잠자리는 고급 금침이라는 것을 알 수 있었다.

하진은 평생을 살면서 지금까지 단 한 번도 금침을 본 적이 없고, 본가에서도 양식을 선호한다는 것을 잘 알고 있다.

"허, 허억!"

그제야 하진은 이곳이 처음 보는 곳이라는 사실을 깨닫게 되었다.

서둘러 자리에서 일어선 하진은 재빨리 자신이 입고 온 옷가지를 찾으며 고개를 기웃거렸다.

잠시 후, 그런 그의 앞에 다소곳한 여인이 등장했다.

끼익!

문풍지로 만들어진 문을 살며시 열고 들어선 그녀가 미소 띤 얼굴로 말했다.

"이제 일어나셨군요? 어제 술이 좀 과하신 것 같던데, 괜찮으신가요?"

"어, 어어… 아, 예……."

당황해서 아무런 말도 못하고 그 자리에 목석처럼 굳어버린 그를 바라보며 그녀가 말했다.

"동료 분들은 아직도 꿈나라에 계시던데, 먼저 식사하시겠어요?"

"예, 예?! 그, 그게……."

"호호, 걱정하지 마세요. 저는 나쁜 사람이 아니랍니다. 이곳은 한국 국악 연구원이고요."

"아, 아하!"

"이제는 제가 몸담고 있지 않지만 가끔 들러서 소리를 연습하곤 한답니다. 무엇보다도 제가 이곳에 연이 좀 있어서 별채를 사용할 수 있도록 허락 받았습니다. 그러니 부담 가지실 필요 없어요."

"아, 예……."

"일단 내려와서 식사부터 하시죠. 꽤 오랜 시간을 주무셔서 시장기가 도실 겁니다."

"네, 감사합니다!"

씩씩하게 대답한 하진은 문지방을 넘어 밖으로 걸어 나왔다.

그는 어젯밤에 입고 있던 옷 대신에 삼베로 된 마고자를 입고 있었는데, 통풍이 잘 되어서 그런지 어제 마신 술이 저절로 깨는 것 같았다.

마당에 놓여 있는 고무신을 신고 안채 마루로 걸어간 그는 정갈하게 꾸며진 밥상을 앞에 두었다.

콩나물과 황태로 끓인 해장국에 콩나물 무침, 황태 구이로 차려진 밥상은 사극에서나 볼 수 있는 차림이었다.

그는 감탄사를 연발하지 않을 수 없었다.

"우와, 이게 다 뭐야?! 설마 이걸 직접 다 차리신 겁니까?!"

"실력이 볼품없어서 창피하긴 합니다만, 그래도 속풀이가 된다면 다행이겠어요."

하진은 그녀에게 꾸벅 고개를 숙였다.

"고맙습니다! 저희들 같은 고주망태 주정뱅이들에게 이런 호사스러운 대접을 해주시다니요."

"아니요, 오히려 저희들이 더 고맙지요. 덕분에 어젯밤 행사가 아주 성황리에 마무리되었거든요."

"행사요?"

"어제 홍대 거리에서 벌어진 풍물놀이 말이에요."

하진은 그제야 어제의 일이 생각났다.

"아아! 그 밤거리 풍물놀이 말입니까?"

"네, 맞아요. 젊은 세대들에게 풍물놀이도 여흥거리가 될 수 있음을 알려주는 행사였지요. 여러분이 우리 행렬에 적극적으로 참가해 주셔서 어제 홍대 거리에 500명이 넘는 사람이 운집해서 축제를 즐겼답니다."

"그랬군요. 저희들은 그냥 함께 춤을 추어도 별말씀이 없으시기에 함께 논 것뿐인데, 그런 일이 있는 줄은 몰랐습니다."

"아무쪼록 다시 한 번 감사드려요."

"아, 아닙니다! 그리 큰일도 아닌데요."

"국악 연구원에서도 여러분에게 감사패라도 드려야 하는 것 아니냐며 기뻐하고 있어요. 그래서 이런 상을 차릴 수 있도록 도와주신 것이고요."

"그렇군요."

"아무튼 일단 드세요. 드시고 모자라면 말씀하시고요."

"아, 예!"

그녀는 하진의 곁에 앉아서 황태의 가시를 발라주고 식은 국을 데워주었다.

하진은 태어나 처음으로 누군가 식사 수발을 들어주는데 아주 묘한 기분을 느꼈다.

"이, 이러지 않으셔도 됩니다만……."

"아닙니다. 그래도 손님을 대접하는 데 이 정도는 해야지요. 만약 신경이 쓰인다면 다른 곳에 가 있을까요? 필요하시면 부르세요."

"아, 아닙니다! 으음, 정 그렇다면 함께 드시지요. 혼자서 밥을 먹는 것보다는 함께 먹는 편이 좋잖습니까?"

"으음, 그럼 그럴까요?"

"자자, 이쪽으로 앉아서 함께 드세요."

그녀와 마주 앉은 하진은 아까보다 훨씬 더 밥맛이 도는 것을 느꼈다.

"쩝쩝, 오오! 이게 얼마 만에 맛보는 고향의 맛이야?!"

"음식이 입에 맞다니 다행이네요. 많이 드세요."

"고맙습니다!"

수더분함이 묻어나는 그녀의 표정은 한없이 밝았고, 푼푼하게 끓인 국은 하진에게 행복감을 가져다주었다.

그는 식사 한 끼에 이렇게 행복감을 맛볼 수 있는지 태어나처음 느껴보았다.

하진이 감동에 젖은 얼굴로 말했다.

"초면에 이런 말씀을 드리는 것은 좀 뭣합니다만, 태어나서이렇게 감격스러운 식사는 처음입니다. 정말 고맙습니다."

"어머나, 그렇게 좋으셨나요? 그랬다면 정말 다행이고요."

"이런 밥을 평생 먹을 수 있다면 억만금이라도 내겠습니다."

"호호, 억만금은 필요 없어요. 가끔 생각이 나신다면 저를 찾아오세요. 언제든지 밥은 차려 드릴게요."

"저, 정말요?"

"물론이죠. 다만 이곳에선 힘들고 제가 기거하는 곳의 명함을 드리겠습니다. 잠깐 식사나 하고 가세요."

그녀는 하진에게 명함을 한 장 건넸다.

[전통요정 '명화']

하진은 요정이라는 곳이 술을 파는 곳이라는 사실을 얻어들어서 잘 알고 있었다.

그녀는 하진에게 명함을 건네고 난 후엔 멋쩍게 웃었다.

"국악을 하는 사람이 무슨 요정이냐고 하시면 할 말이 없습니다만, 제 가업이라서요. 거부감이 드신다면 명함을 버리셔도 됩니다."

"아, 아닙니다! 거부감이라니요. 그런 말씀 마세요."

개인적으로 직업에 귀천이 없다고 생각하는 하진이기 때문에 그녀가 요정을 운영한다고 해서 지금 이 감동이 달라질 것은 없었다.

그는 꾸벅 고개를 숙였다.

"고맙습니다. 제가 다시 파병을 떠나기 전에 꼭 한 번 들르겠습니다."

"그래요. 꼭 그래 주세요."

파병 기간이 다 되어 한국으로 돌아온 하진은 다시 해외로 나갈 준비를 하고 있었는데, 만약 지금의 중대에 계속 남게 된다면 한국에서 복무할 수도 있었다.

그는 자신의 진로를 정하기 전에 꼭 한 번 그녀를 찾아가리라고 굳게 다짐했다.

＊　　　＊　　　＊

며칠 후, 하진은 강남의 요정 명화를 찾았다.

딩디디딩!

간드러지는 가야금 소리가 들려오는 요정 입구에서 쭈뼛거리고 서 있는 하진에게 한 여자가 다가왔다.

"무슨 일이시죠?"

"아, 예. 이곳에서 일하시는 분을 찾아왔습니다."

"일하시는 분이요?"

"이런 명함을 주셨지요."

하진이 명함을 건네자 그녀가 웃으며 말했다.

"아아, 사장님을 찾아오셨군요. 사장님과는 어떤 사이세요?"

"그냥 밥이 먹고 싶으면 찾아오라고 하셨습니다."

"그래요. 집밥을 함께 드신 사이군요."

그녀는 하진을 데리고 요정 안쪽에 있는 사랑채로 이동했다.

덩기덕, 쿵덕덕!

고수와 함께 합을 맞추는 가야금 연주자들 사이에서 그녀가 일어섰다.

"어머, 연하진 중위님?"

"너무 갑자기 찾아온 것은 아닌가 싶군요."

"아니에요. 명함에 제 개인 번호가 안 나와 있으니 당연히 그러실 수밖에요."

그녀는 고수와 연주자들에게 자리를 비울 것이라고 얘기한 후에 일어섰다.

"식사는 하셨나요?"

"아니요, 아직입니다."

"그렇군요. 그럼 함께 밥이나 차려먹을까요?"

"그래 주시겠습니까?"

하진을 데리고 사랑채에서 나온 그녀는 자신이 기거하는 별채로 향했다.

끼이익!

나무 대문을 사이에 두고 꾸며진 별채는 네 개의 방과 부엌, 화장실로 구성되어 있었다.

그녀는 하진에게 마루에서 잠시 앉아 기다릴 것을 청했다.

"일단 그곳에 앉아 계시겠어요? 부엌의 모습이 다 보이니 하실 말씀이 있으면 하시고요."

"네, 감사합니다."

하진은 그녀가 일하러 들어간 사이 자리에서 일어나 마루의 전경을 감상했다.

마루에는 그녀가 어려서부터 지금까지 받은 상장과 트로피

들이 전시되어 있었는데, 어린이 명창 대회부터 성인부 전국 대회의 상장까지 전시되어 있었다.

아마 그녀는 어려서부터 소리를 하기 위하여 공부를 하였고, 대학을 다니던 시절에는 국악을 전공한 것으로 보였다.

무엇보다도 마루의 중앙에는 국악인 열 명과 함께 찍은 사진이 걸려 있었는데, 그 사진에는 하진도 잘 아는 사람들이 줄을 지어 서 있었다.

'유명한 사람인가 본데?'

하진은 잘 모르고 있었지만 그녀는 국악계에서 꽤나 유명한 사람이었는데, 가업을 이어야 한다는 사명 때문에 전문 국악인의 길을 포기했을 뿐이다.

잠시 후, 그녀는 교자상을 놓고 그 위에 음식을 차례대로 차려내기 시작했다.

닭으로 만든 냉채를 시작으로 구절판, 신선로, 삼계탕, 탕평채 등 손이 많이 가는 요리가 전부 다 올라왔다.

하진은 그녀의 솜씨에 감탄하지 않을 수 없었다.

"우와, 솜씨가 대단하시군요!"

"요정을 꾸려 나가려면 우리 선조들이 무슨 음식을 드셨는지 먼저 알아봐야 합니다. 우리는 비록 접객을 하는 사람들이지만 정절을 팔거나 신념을 팔지는 않습니다. 흔히 말하는 퇴폐 업소는 제가 가장 싫어하는 곳이지요."

"그렇군요."

"자, 시장하실 텐데 식혜부터 좀 들고 계세요. 조기만 구워지면 국을 가지고 나올게요."

"감사합니다."

머리털 나고 지금까지 이렇게까지 극진한 대접을 받아본 적이 있던가?

하진은 함박웃음을 지었다.

"이야, 정말 대단하네요. 저는 죽을 때까지 다신 이런 대접을 못 받을 겁니다. 기껏해야 짬밥이나 먹는 저에게 탕평채라니요. 교과서에서나 봤지 실물은 처음입니다."

"잘되었군요. 마음에 드신다면 많이 드세요. 손님이 갑자기 오셔서 얼마 차리지는 못했습니다만, 입에 맞으셨으면 좋겠네요."

"아니요, 무슨 말씀을요! 만약 마음먹고 차리신다면 도대체 얼마나 차리시겠다는 겁니까?"

"호호, 많이 드세요."

이윽고 그녀는 하진의 맞은편에 앉아서 그의 먹는 모습을 바라보았다.

덜그럭, 덜그럭!

밥 먹는 소리만 들릴 뿐 그녀는 아무런 말이 없었고, 하진 역시 밥을 먹느라 별다른 말이 없었다.

그러다가 그녀가 문득 말을 꺼냈다.

"다음번에도 저를 만나주시겠어요?"

"예?"

"만약 괜찮으시다면 밖에서 저를 만나주실 수 있는지 묻는 겁니다."

하진은 그녀가 자신에게 도대체 무슨 소리를 하고 있는 것인지 이해할 수가 없었다.

"······?"

잠시 머리가 꼬여서 고개를 갸웃거리는 하진에게 그녀가 씁쓸한 표정으로 말했다.

"···제가 창피하다고 해도 별수 없지요. 이런 일을 하는 여자라서······."

"아, 아닙니다! 그, 그게 무슨 말씀이세요?! 선미 씨가 어때서요?!"

하진은 여자가 먼저 자신에게 만남을 청한 적이 처음이라서 조금 당황스러웠을 뿐, 그녀가 싫은 것은 절대 아니었다.

아니, 반대로 이런 여자가 뭐가 아쉬워 자신과 같은 까까머리 군바리에게 관심이 있나 싶었다.

"저야말로 묻고 싶네요. 저는 주말 아니면 군복을 벗을 일이 없는 사람입니다. 그런 저와 만나는 게 창피하지 않겠어요?"

"왜요? 저는 군인 좋아요."

"하하, 말이라도 고맙군요! 아무튼 선미 씨가 저에게 이런 제안을 해주시다니, 뭐라 말을 꺼내야 할지 몰랐습니다."

"···혹시라도 여자가 먼저 이런 말을 했다고 실망하셨나요?"

"아니, 그냥 좀 의외였습니다. 태어나 이런 적이 처음이라서요."

"저도 그러네요."

하진과 그녀는 서로를 바라보며 동시에 미소를 지었다.

그는 선미에게 신이 난 투로 물었다.

"다음에 만나면 뭘 할까요? 선미 씨는 일하는 날이 아니면 평소에 뭘 하십니까?"

"판소리 공연을 보러 다니거나 영화를 봐요."

"그렇군요."

"하진 씨는요?"

"전 쉬는 날에 주로 래프팅이나 등산을 다닙니다. 쉬는 날이라고 술만 퍼마셨다간 체력이 떨어져서 낙오자가 되거든요."

"취미가 서로 다르군요?"

"그래서 더 재미있지 않겠어요? 난생처음으로 겪어보는 일들이잖아요?"

"하긴 그건 그러네요."

"다음번에 기회가 된다면 선미 씨의 취미부터 함께해 봤으면 좋겠군요."

"판소리가 지루하지 않겠어요?"

"워낙 문화에는 문외한이라서 오히려 신선하지 않겠어요?"

"호호, 그런가요?"

그녀는 아까부터 계속 미소를 짓고 있었는데, 선미는 아차 싶어서 입을 가렸다.

"제가 너무 헤프게 웃었죠?"

"웃음에도 헤프고 말고가 있습니까? 저는 잘 웃는 사람이 좋습니다."

"그, 그래요?"

"저는 진심 어린 미소를 잘 짓는 사람치고 나쁜 사람은 본 적이 없습니다. 특히 선미 씨 같은 사람들 말입니다."

선미는 하진의 말에 감명 받은 모양이다.

"고마워요. 저에게 자꾸 희망을 주시네요."

"희망이요?"

"저도 좋은 여자가 될 수 있다는 희망이요."

하진은 수저를 내려놓고 아주 진지하게 말했다.

"당신은 이미 좋은 여자입니다. 그러니 자신감을 가져요. 다른 사람이 뭐라고 하건 나는 당신을 응원할 겁니다."

"고마워요."

하진은 꼼꼼하고 손이 야무진 여자라고 생각하던 그녀에게서 의외의 면을 발견했다.

'역시 사람은 겉모습으론 판단할 수 없는 것이구나.'

그는 태어나 처음으로 어떤 여자를 지켜주고 싶다는 생각을 해보았다.

\*　　　　\*　　　　\*

그로부터 일주일 후, 하진과 선미는 대학로에서 만나기로 했다.

평일 오후였지만 때마침 비번이 끼어 시간이 남은 하진은 그녀를 만나기 위해 앞뒤 안 가리고 대학로로 향했다.

자가용 차량을 타고 대학로에 도착한 하진은 다소곳한 개량 한복을 입은 그녀와 마주할 수 있었다.

"선미 씨!"

"어머나, 일찍 오셨네요?"

"근무가 빨리 끝났습니다. 그나저나 약속 시간이 좀 남았는데 벌써 나오셨습니까?"

"…어쩌다 보니 일찍 걸음이 떨어졌네요."

"하하, 그렇군요. 아무튼 다시 만나니 좋네요."

"저도 그래요."

그녀는 하진의 차에 올라탄 후 꾸벅 고개를 숙였다.

"그럼 실례하겠습니다."

"얼마든지요."

하진은 그녀가 차에 타자마자 직접 안전벨트를 매주었다.

철컥!

"벨트는 꼭 매야 합니다."

"네, 네."

그녀는 조금 붉어진 얼굴로 하진을 바라보았다.

"저……."

"말씀하시지요."

"제가 한복을 입고 다녀서 창피하시진 않을까 해서요."

"그게 무슨 말씀이십니까?"

"저는 한복이 좋지만 다른 사람들은 그렇지 않을 수도 있겠다 싶어서요."

하진은 고개를 가로저었다.

"아니요. 저는 좋습니다. 예쁘잖아요."

"그런가요? 그럼 다행이고요."

그녀는 하진의 칭찬에 기분이 좋아진 모양인지 아주 활짝 웃어 보였다.

"자, 그럼 가볼까요? 공연장은 어디죠?"

"예술의 전당에서 5시 30분에 공연이 있어요. 제 대학 동기들이 두 명이나 나오는 공연이죠."

"그럼 늦지 않게 빨리 가야겠네요. 제가 서두른다고 서둘렀습니다만, 군인의 행동에는 역시 한계가 있군요."

"괜찮아요. 어차피 시작은 30분이라 쓰여 있지만 서론이 길어서 진짜 공연은 30분 정도 늦게 시작할 거예요."

"아하, 다행이군요."

하진은 그녀를 데리고 예술의 전당으로 가며 무심하게 말했다.

"아 참, 제가 다시방에 뭘 넣어놓고 안 꺼냈군요. 대신 좀 꺼내주시겠어요?"

"다시방이요?"

"조수석에 있는 다용도함 말입니다. 그곳을 열어주시겠어요?"

그녀는 하진의 말대로 무심결에 대시보드를 열었다가 화들짝 놀랐다.

"어머나!"

"무슨 꽃을 좋아하는지 몰라서 그냥 한 다발 섞어서 샀습니다. 너무 조잡한가요?"

"아니요. 예뻐요!"

"꽃 좋아합니까?"

"그럼요!"

이 세상에 꽃 싫어하는 여자는 없다는 말이 생각난 하진은 부대 앞에 있는 꽃집에서 손에 잡히는 대로 한 송이씩 꽂아서 다발을 만들었다.

함박웃음을 짓는 그녀를 보니 하진의 가슴에서 꽃이 피는 것 같았다.

"고마워요. 남자에게 꽃을 처음 받아보네요."

"에이, 거짓말! 선미 씨처럼 아름다운 여자를 남자들이 가만히 내버려 두었을 리가 없습니다."

"정말인데……."

"진짜요?"

"네! 사실 제 동기들이 남자와 함께 간다고 했더니 화들짝 놀라서 공연이 없는 아이들도 다 모였다더군요."

"하하, 그런 일이 있었습니까?"

"그 상대가 하진 씨라서 정말 다행이에요. 만약 부담이 되신다면……."

"부담은 좀 됩니다만, 기분은 좋네요. 당신이 저를 부끄러워하지 않는다는 말이니까요."

"하진 씨는 멋져요."

"고맙습니다."

두 사람 사이에 미묘한 기류가 흐르는 것 같았다.


오후 8시가 지난 시각, 하진과 선미는 공연을 끝마친 그녀의 친구들에게 축하 꽃다발을 건넸다.

짝짝짝짝!

"공연 잘 봤어!"

"어머, 왔니? 네가 남자를 데리고 이곳에 올 줄은 몰랐어! 이럴 줄 알았으면 어제 팩이라도 좀 하는 건데."

"얘는 참……."

선미의 친구들은 하진에게 장난치듯 말했다.

"제 친구가 연애가 처음이라서 난감할 때가 많을 거예요. 너무 빨리 진도 빼려고 하지 말고 천천히 좀 봐줘요."

"얘, 얘들아! 못 하는 소리가 없어!"

"뭐 어때? 이제 우리도 십 대 소녀가 아닌데. 안 그래요?"

"아, 아하하! 그런 겁니까?"

"군인이라고 하셨나요?"

"예, 그렇습니다."

"군인 정신으로 우리 선미 좀 잘 지켜줘요. 애가 너무 순진해서 걱정이 태산이에요. 요정이면 험악한 사람들도 꽤 있을 텐데, 그때마다 제 가슴이 다 철렁 내려앉네요."

"…얘는 참, 아까부터 계속 이상한 소리만 한다."

하진은 그런 그녀를 바라보며 대답했다.

척!

"걱정 마십시오! 이 연하진 중위가 아주 철통 방어해 드리겠습니다!"

"호호호, 그래요. 어설프긴 해도 믿어볼게요."

"그럼요! 걱정하지 마세요!"

선미는 익살스러운 모습이긴 했으나 하진의 그런 마음이 진심이라는 것을 잘 알고 있었다.

하진은 그런 그녀를 바라보며 연신 미소를 짓고 있었다.


그날 밤, 선미는 하진에게 술자리를 권했다.

"요정 말고 저희 본가에서 한잔하실래요? 그곳보다 차린 것은 없어도 아마 훨씬 더 조용할 것 같아요."

"그래도 괜찮겠습니까?"

"어차피 어른들이 다 바쁘셔서 집은 거의 매일 비어 있는 상태니까요. 그러니……."

"지, 집이 비어 있다고요?"

"네……."

"험험! 그렇군요!"

어쩐지 긴장을 한 하진에게 그녀가 실소를 지으며 물었다.

"하진 씨, 설마하니 음흉한 생각한 것은 아니겠죠?"

"무, 무슨 그런 불경스러운…! 저, 저는 그런 남자 아닙니다!"

"호호, 괜찮아요. 저는 하진 씨가 늑대라고 해도 좋아요."

"그, 그런가요?"

하진은 쑥스러운 듯 웃었고, 그녀는 하진의 손을 슬며시 잡았다.

"아까 한 말, 진심이죠? 저를 지켜준다는 말이요."

그는 그녀의 손을 더욱 꽉 잡았다.

"물론이죠. 제 능력이 허락하는 한 당신을 끝까지 지키겠습니다."

"고마워요."

두 남녀 사이에 사랑의 불꽃이 피어나는 순간이었다.

\*　　　　\*　　　　\*

한강 둔치, 선미가 홀로 소주를 마시고 있다.

꿀꺽꿀꺽!

그녀는 즐겨 입던 한복을 버리고 단출한 청바지에 흰색 티셔츠를 입고 있었다.

"후우, 좋네."

하진이 자신의 곁에서 사라졌을 때, 그녀는 다시는 사랑을 하지 않겠다고 맹세했다.

물론 자신의 고집 때문에 하진이 떠난 것이지만 단 한 번도 자신을 되돌아보지 않았다는 것에 큰 상처를 입었다.

3년, 4년, 5년, 그녀는 시간이 지날수록 그가 더욱 그리웠지만 혹시나 하던 일은 벌어지지 않았다.

그는 결국 돌아오지 않았다.

그녀는 그가 좋아하던 긴 머리를 자르고 한복을 전부 다 찢어버렸다. 한식은 아예 쳐다보지도 않았고, 요정은 이제 슬슬 다른 사람에게 맡기고 일선에서 물러설 생각이다.

이제 그녀는 그가 생각나는 모든 것을 등지고서라도 사랑의 상처에서 벗어날 생각인 것이다.

하지만 과연 그런 그녀에게 사랑의 상처를 지워 버릴 수 있는 날이 올 것인지 그녀 스스로도 알 수가 없었다.

"…힘드네."

이제 슬슬 자리에서 일어서려던 찰나, 그녀에게 전화가 걸려왔다.

지이이이잉!

[070—5565—****]

그녀는 고개를 갸웃거렸다.

"누구지? 이 시간에 전화할 사람이 없는데?"

하진을 만나기 전까진 모르는 사람의 전화는 받지 않았지만 그가 떠난 이후엔 무조건 다 받고 보는 그녀이다.

"네, 여보세요?"

─선미니?

"…아버님?!"

─잠깐 나 좀 볼 수 있겠어? 아주 잠깐이면 되는데…….

"아, 알겠어요. 지금 어디신데요?"

─여기가 어디냐면…….

하진의 아버지가 자신이 기거하고 있는 곳의 주소를 알려주었고, 그녀는 그길로 택시를 타고 한강을 떠났다.


대략 30분 후, 그녀는 한강에서 그리 멀지 않은 강남의 한 병원 앞에 멈추어 섰다.

[한성병원]

그녀는 자신이 받아 적은 주소를 보고 또 보고를 반복했다.

"뭘까? 아버님이 왜 이곳에 계시는 걸까?"

선미는 한성병원 지하에 있다는 그를 만나기 위해 프런트로 향했다.

또각, 또각.

그녀의 낮은 구두 굽 소리가 멀리 울려 퍼질 정도로 조용한 병원에는 여성 간호사들은 없고 전부 남자뿐이었다.

선미는 한성병원이라 쓰인 간판 아래에 있는 진료 과목들을 살펴보았다.

[신경정신과 전문 병원. 입원 치료 환영]

순간, 그녀는 자신의 눈을 의심했다.

"정신병원?"

하진의 아버지는 군에서 장군으로 생활하면서 사상 최고의 전략을 가진 지장으로 손꼽히는 사람이었다.

그런 그가 갑자기 정신병원에 입원이라니, 도대체 뭐가 어떻게 된 것인지 모를 일이었다.

그녀는 프런트로 다가가 물었다.

"혹시 이곳에 연진성 환자가 있나요?"

"누구요?"

"연진성 씨요."

"잠시만요."

그들은 프런트의 컴퓨터를 두드리더니 이내 고개를 가로저었다.

"아니요, 없는데요?"

"분명 이곳이라고 했는데……."

"그나저나 연진성 씨와는 무슨 관계인데 그러세요?"

순간, 그녀는 고개를 가로저었다.

"잘못 찾아온 모양이네요. 이제 보니 여기 정신병원이네."

"그럼 어디인 줄 알았는데요?"

"제가 찾는 분은 갈비뼈 골절이거든요."

"아아, 정형외과를 찾으시는 모양이네. 정형외과는 이곳에서 두 블록 더 가면 나옵니다."

"네, 고맙습니다."

이윽고 그녀는 돌아서 나가는 척하며 비상구를 타고 지하실로 향했다.

쪼르르르.

어디선가 물 흐르는 소리가 들리는 비상구 지하실 계단에는 누구의 것인지 모를 핏자국이 낭자해 있다.

"정신병원에 무슨 핏자국이……."

잠시 후 그녀는 '지하병동'이라고 쓰인 푯말 앞에 멈추어 섰다.

이곳이 도대체 뭐 하는 곳인가 싶어 문을 열려던 그녀는 갑자기 문이 열려 화들짝 놀랄 수밖에 없었다.

'이런……!'

그녀는 하진이 평소 알려준 대로 문이 열리는 방향을 따라서 밀착하여 몸을 숨겼다.

하진이 말하길, 등잔 밑이 어두운 법이니 만약 비상시국에 코앞에서 철문이 열린다면 문이 열리는 방향으로 재빨리 숨어들어 몸을 숨기는 것이 현명하다고 했다.

선미는 그가 말한 대로 문이 열리는 방향으로 몸을 숨긴 후 문틈과 벽 사이에 밀착해 섰다.

잠시 후, 그녀의 앞으로 피범벅이 된 사람들이 몇 개로 나뉜 박스를 가지고 나왔다.

박스에는 아주 대문짝만 한 한글로 된 글귀가 적혀 있었다.

[간, 신장, 심장⋯⋯.]

순간, 그녀는 이 사람들이 인간의 육신을 토막 내서 가지고 나왔음을 직감했다.

'뭐, 뭐야?! 아버님이 이런 곳에 숨어 계셨던 거야?!'

이윽고 그들은 계단을 타고 올라가 버렸고, 그녀는 지하병동 안으로 잠입해 들어갈 수 있었다.

간발의 차이로 지하병동에 들어온 그녀는 이곳이 정신병과는 전혀 무관한 곳임을 확신했다.

삐빅, 삐빅!

이곳저곳에 설치되어 있는 간이 병실에는 수면제를 주기적으로 맞고 있는 사람들이 줄을 지어 들어서 있고, 병동 한편에는 피로 범벅이 된 수술실이 준비되어 있었다.

그곳에 앉은 한 사내는 축 늘어진 채로 담배를 피우고 있었다.

"후우, 이런 니미럴, 이 짓도 힘들어서 못 해먹겠네."

그는 피범벅이 된 손으로 담배를 피우다가 이내 자리에서 일어나 전화기를 잡았다.

"운반 끝났으면 다음 물건 작업하지. 오늘 일 빨리 끝내고 가볼 데가 있어."

─알겠습니다.

선미는 핸드폰을 꺼내어 살며시 녹화 버튼을 누르고 조심

스럽게 병원 내부의 풍경을 고스란히 핸드폰에 담았다.

차근차근 녹화가 진행되는 가운데 다음 사람이 들것에 실려 수술실로 들어왔다.

남자는 다시 수술 장갑을 착용했다.

타악!

"후우, 그럼 이제 다시 시작해 볼까?"

그는 담배를 꼬나문 채 메스를 잡았고, 옆에 있는 사내들은 석션 도구를 이용해 피를 빨아들였다.

촤라라라락!

쉬이이이이익!

얼마나 수술을 많이 해봤으면 세 사람의 호흡은 가히 찰떡궁합이었고, 신장을 적출하는 데 그리 오랜 시간이 걸리지 않았다.

그는 사람의 몸에서 반드시 필요한 장기들을 떼어내고 심장이 멈추기 전에 돈이 될 만한 것들을 빠르게 추려냈다.

마지막으로 안구와 심장까지 도려내고 나니 시신에는 남는 것이 거의 없었다.

"후우, 다 됐다. 가지고 나가."

"수고 많으셨습니다."

"오늘 잡을 놈들은 이게 다인가?"

"예, 선생님."

"원장에게 일당 현찰로 달라고 말해놔. 꼭 쓸 곳이 있어서 그래."

"예, 알겠습니다."

수술실이 정리되고 난 후 그녀는 떨리는 손으로 녹화 버튼을 종료시켰다.

"후, 후우! 이게 도대체 무슨 일이지?"

사내들이 전부 다 밖으로 나간 후 그녀는 병실을 돌아다니면서 하진의 아버지를 찾으러 다녔다.

"…아버님, 아버님!"

마취제를 맞고 있어서 소리를 들을 수 있는 사람은 거의 없어 보였지만, 전화를 걸었던 것으로 미뤄보았을 때 그가 의식을 아직 붙잡고 있을 확률이 있다고 생각했다.

바로 그때, 어디선가 작은 목소리가 들려왔다.

"서, 선미야."

"아버님!"

오늘 수술이 끝난 사람의 바로 앞자리에 있던 그는 아주 운이 좋게도 하루를 더 벌 수 있게 되었다.

덕분에 목숨을 잃지 않은 그는 선미와 상봉할 수 있게 된 것이다.

그는 선미에게 핸드폰을 건넸다.

"이, 이걸 받아서 밖으로 나가. 어서!"

"아, 아버님?"

"어서! 시간이 별로 없다! 이곳에서 잘못 걸리면 경찰이고 뭐고 그냥 다 끝장이다! 일반적인 방법으론 나갈 수가 없어! 그러니 나는 신경 쓰지 말고 이 핸드폰을 챙겨서 어서 나가거라!"

도대체 이 핸드폰에 뭐가 있기에 그러는 것인지는 몰라도 아주 중요한 것이 들어 있는 것만큼은 틀림없었다.

그녀는 자신의 핸드폰을 들었다.

"잠시만 기다리세요. 하진 씨의 친구가……."

"연석이를 말하는 것이라면 그만두어라. 그 아이에게 전화를 한다고 해도 일이 제대로 풀릴 리 없어."

"네, 네?"

"방금 내가 한 말 못 들었느냐? 이 조직은 경찰과도 연이 닿아 있어. 경찰이고 뭐고 다 소용없단 말이다. 다만 기무사령부의 차정진 중장만이 나를 도와줄 수 있어. 나의 누명을 벗기고 내 아들의 신분을 회복시킬 사람은 오로지 그 사람뿐이야. 그러니 반드시 그를 만나서 이 핸드폰을 전해야 한다. 꼭!"

그녀는 결연한 의지를 내비쳤다.

"알겠습니다! 제가 꼭 그를 만나볼게요!"

"그래, 어서 나가거라. 나가는 문은 들어온 문 반대편에 있는 비상구를 이용하면 빨라."

"네."

선미는 돌아서며 그에게 말했다.

"다시 오겠습니다. 반드시 다시 올게요."

"그래, 기다리마."

그녀는 눈물을 머금고 병원을 나섰다.


                    *            *            *


가까스로 병원에서 나온 그녀는 하진의 아버지 연진성 소
장의 지인이라는 차정진 중장과의 통화를 시도하였다.

하지만 그는 현재 주말을 맞아 집무용 핸드폰과 개인용 핸
드폰을 모두 꺼놓고 휴식을 취하고 있는 모양이었다.

[현재 휴가 중이니 나중에 다시 전화 주세요.]

"이런……!"

지금 당장 헌병대를 동원하지 못하면 연진성은 반드시 죽
을 것이고, 그렇게 되면 그가 왜 이렇게 되었는지 연유를 밝
힐 수 없을지도 모른다.

그녀는 다급한 마음에 연석에게 전화를 걸었다.

―네, 선미 씨."

"연석 씨?! 지금 어디 계시죠?"

―현장에 와 있습니다. 무슨 일이라도 있습니까?

그녀는 침착하게 오늘 있던 일을 그에게 털어놓으려 했다.

하지만 그녀는 입을 채 떼기도 전에 다급한 상황에 처하고
말았다.

"어이, 아가씨! 아까 찾던 아버님, 지금 지하병동에 계세요! 함께 갑시다!"

'아뿔사!'

—선미 씨?

그녀는 최대한 침착하게 말을 이어나간다.

"제 말 잘 들으세요. 아버님은 살아 계세요. 그리고 비리에 연루되어 탈영하신 것도 아닙니다."

—예? 그게 무슨 말입니까? 천천히 알아듣게 설명해 보세요.

아무리 그녀가 걸음이 빠르다고 해도 저 남자들에게서 도망칠 수 있는 방법은 그리 많지 않을 것 같았다.

그녀는 우선 전화를 끊고 도망부터 치기로 한다.

"지금은 그런 것을 설명할 길이 없어요! 그러니 일단 차정진 중장을 찾아가세요! 그 사람을 만나서 아버님을 찾아주세요!"

치지지직, 치지지직!

"여, 여보세요?!"

급작스럽게 잡음이 발생하더니 그녀는 타이밍 한번 기가 막힌다고 생각했다.

"큰일이야! 어서……."

그녀는 급한 마음에 택시를 잡아타려 달렸지만, 청년들이 그녀를 가만히 내버려 둘 리 없었다.

"잡아!"

"예!"

"허, 허억!"

선미는 맨발로 무작정 사람이 있는 곳까지 달렸고, 운이 좋게 슈퍼마켓에 들어갈 수 있었다.

딸랑!

"하, 하아, 하아!"

"아, 아가씨, 왜 그래?"

"아, 아주머니, 저 좀 살려주세요! 누군가 저를 쫓아와요! 경찰에 우선 신고 좀 해주세요!"

"그, 그래, 알겠어!"

그녀는 슈퍼마켓 창고로 달려갔고, 주인은 전화기를 들었다.

"여보세요?! 여기 웬 강도들이⋯⋯."

바로 그때, 괴한들이 슈퍼마켓 안으로 쳐들어왔다.

쾅앙!

"어이, 아줌마! 신고 정신이 너무 투철하면 금방 죽어요! 알아들어요?"

"에, 에구머니나! 사, 살려주세요!"

두 청년은 망치를 들고 그녀를 위협했고, 슈퍼마켓 주인은 어쩔 수 없이 두 손을 들 수밖에 없었다.

창고에 숨어서 그 광경을 지켜보고 있던 그녀는 어떻게 해서든 이곳을 빠져나가야겠다고 생각했다.

'…여기 이러고 있을 시간이 없어!'

그녀는 창고의 이곳저곳을 둘러보다가 마침 사람 한 명이 빠져나갈 수 있을 만한 구멍을 찾아냈다.

끼익!

환풍구를 열고 그 안으로 들어간 그녀는 억지로 몸을 밀어넣고 무작정 앞으로 기어나가기 시작했다.

"가, 간다! 사, 살 수 있어!"

하지만 바로 그때, 그녀의 발목을 잡는 손길이 있었다.

턱!

"이런 씨발, 질기기가 아주 쇠심줄 같은 년이군!"

"사, 사람 살려!"

"이리 안 내려와?!"

그녀는 있는 힘껏 발길질을 해서 사내의 얼굴을 저만치 밀어냈다.

퍽퍽퍽!

"으허억!"

"이래 봬도 전 남친이 특전사 대위였다, 이 녀석아!"

빠각!

"크윽! 네년, 죽여 버린다!"

그녀는 흥분한 나머지 환풍구를 때려 부수려는 남자를 뒤로하고 계속해서 앞으로 기어나갔다.

쿵, 쿵, 쿵!

"죽인다! 크아아아아악!"

"살아야 해. 살아야 해."

오로지 앞만 보고 달리던 그녀의 앞에 마침내 밝은 빛이 내려왔다.

스르르르룽!

"바, 밖인가?!"

하지만 이상한 것은 환풍구를 나선다고 해도 지금은 늦은 밤이기 때문에 이런 밝은 빛은 어지간해선 볼 수 없었다.

그렇다는 것은 그녀에게 뭔가 좀 이상한 일이 벌어지고 있다는 뜻이었다.

순간, 그녀의 몸이 밝은 빛으로 빨려들어 가기 시작했다.

슈가가가가각!

"꺄아아아아악!"

그녀의 몸이 빛으로 빨려들어 가면서 주변의 시공간은 그대로 멈춰 버렸고, 바람마저 멎어버렸다.

그리고 그녀의 몸이 완벽하게 빛을 따라 사라져 갔을 때, 지구의 시계는 다시 돌아가기 시작했다.


\*        \*        \*


판테리아계 서부 대륙 툰드라 지역에 폭설이 몰아치고 있다.

휘이이이잉!

가뜩이나 우중충한 이곳에 폭설까지 몰아치니 툰드라 지역에는 생명체의 움직임을 거의 볼 수가 없었다.

그나마 나타샤 산맥 중엽의 몬스터들 중에서 예티나 아이스골렘 같은 냉대 생물들이나 먹이를 찾아 움직일 뿐이었다.

그런 툰드라지대에 한줄기 번개가 내리친다.

우르르릉, 콰앙!

번쩍!

번개를 타고 뭔가 이질적인 기운이 바닥으로 떨어져 내렸고, 그 안에선 놀랍게도 사람이 튀어나왔다.

빠직!

"하아, 하아!"

그녀는 판테리아계에선 찾아보기 힘들 정도로 특이한 복색을 갖추고 있었다.

더군다나 검은색 계열의 갈색 머리와 눈동자는 서부 대륙에선 아예 볼 수 없을 정도로 희귀한 모습이었다.

그녀는 당혹스러운 표정으로 주변을 둘러보았다.

"이, 이게 도대체 무슨 날벼락이람? 여긴 또 어디고?"

지금 그녀는 반소매 차림에 청바지 하나만 덜렁 입고 있었기 때문에 이곳 툰드라지역에선 얼마 버티지 못할 것이 분명했다.

그런 그녀의 곁으로 거대한 얼음의 폭풍이 다가왔다.

고오오오오오!

"어, 어어어……?!"

그 얼음의 폭풍은 이내 하나의 형상으로 바뀌어갔는데, 순백색 머리카락과 은색 눈동자를 가진 여자로 변해갔다.

그녀는 얼음처럼 차가운 눈동자로 여자를 바라보았다.

"인간? 정녕 인간이란 말인가?"

"그, 그런데요?"

"참으로 오랜만이군. 인간이라는 생명체가 이곳에 온 것은 말이야."

"……?"

"그런데 흥미로운 점이 몇 가지 있군. 보아하니 판테리아의 생명체는 아닌 것 같은데, 어디서 온 것인가?"

"파, 판테리아요?"

"네가 밟고 서 있는 이곳, 주신 판테리아가 만든 이 땅 말이다."

"저, 전 지구라는 곳에서……."

"지구?"

"만약 행성계를 말씀하시는 것이라면 제 지식으론 지구에서 왔다고 말씀드리고 싶네요."

"지구라… 처음 들어보는 차원이군."

얼음처럼 차가운 여자는 그녀에게 통성명을 요구했다.

"나는 화이트 드래곤 나타샤다. 넌?"

"이, 인간이라고 해야 하나? 아, 아무튼 이름은 명선미라고 해요."

"명선미라… 성이 미인가?"

"아니요. 명은 성이고 이름이 선미예요."

"복잡하군. 발음도 좀 이상하고."

"그, 그런가요?"

나타샤는 이제 슬슬 저체온증으로 향하는 선미를 감싸 안 았다.

펄럭!

순백색의 거대한 날개를 펼친 그녀는 선미를 안고 하늘 높 이 날아올랐다.

"가자."

"어, 어디로……?"

"여기서 얼어 죽고 싶지는 않을 것 아니냐?"

"네, 네!"

나타샤는 선미를 데리고 자신의 둥지로 향했다.

*　　　　*　　　　*

나타샤의 둥지는 사람이 살기 딱 좋은 온도가 유지되고 있 었는데, 주변의 물건은 전부 투명한 수정으로 만들어져 있었 다.

수정으로 이뤄진 성에 들어선 선미는 감탄사를 자아냈다.

"아름다워요! 계단과 지붕까지 전부 수정이라니, 생전에 이런 아름다운 것을 볼 수 있다니!"

"보는 눈이 있군. 이 수정은 냉기의 결정을 가공해서 만든 것이다. 인간이 지닐 수 있는 물건은 아니지."

"그래요! 확실히 그래 보여요!"

자연산 수정 중에서 이렇게 맑고 투명하며 영롱한 빛을 띠는 물건은 아마 다이아몬드 빼곤 없을 것이다.

한마디로 이 성은 다이아몬드와 비슷한 물질로 이뤄진 엄청난 보물이라는 소리였다.

나타샤는 선미의 복색을 살피더니 이내 손가락을 가볍게 튕겼다.

따악!

"옷이 필요하겠어."

"으음?! 옷이 새로 생겼네?!"

"아무래도 이 지역에서 그런 복장으로 돌아다니면 춥지 않겠어?"

그녀는 선미가 입고 있는 청바지와 비슷한 재질로 된 코트와 조끼를 만들어주고 가죽으로 된 부츠까지 선물해 주었다.

선미는 나타샤가 만들어낸 옷을 입어보곤 감탄을 금치 못했다.

"어머나, 입은 것 같지가 않아요! 게다가 덥지도 춥지도 않고요!"

"온도를 조절하는 마법이 걸려 있어서 아마 주변 환경에 영
향을 받지 않을 것이다. 앞으론 그것을 꼭 입고 다니도록. 필
요하다면 그림을 그리든 도면을 그리든 나에게 입고 싶은 옷
을 말해다오. 그대로 만들어주마."

"고, 고맙습니다!"

자신에게 뭐든 주기만 하는 나타샤에게 자신이 뭔가 줄 수
있는 것이 없을까 하고 고민해 보는 선미다.

선미는 그녀에게 좋아하는 것을 물었다.

"제가 너무 신세만 지는 것 같네요. 뭔가 좋아하는 것이 없
으신가요?"

"좋아하는 것?"

"취미라든지 관심사라든지……."

"굳이 따지자면 나는 식도락을 즐긴다. 가끔은 음유시인들
의 노래를 듣기도 하고."

그녀는 손뼉을 쳤다.

"어머나! 그럼 제가 당신에게 뭔가를 해드릴 수 있겠군요!"

"요리를 할 줄 아나?"

"솜씨가 그리 뛰어난 편은 아니지만 최선을 다해볼게요!"

"으음, 그래?"

"원하신다면 제가 배운 창이라는 노래를 들려드릴 수도 있
고요."

"노래라… 그래, 요즘은 눈보라가 휘몰아쳐 이곳까지 들어오는 음유시인이 없었어. 드래곤들은 요리와 노래는 아무리 해도 늘지가 않아. 그래서 음유시인이나 요리사들이 없으면 취미는 고사하고 적적해서 죽을 맛이지."

선미는 그녀에게 노래를 부를 수 있도록 양해를 구했다.

"제가 노래를 불러 드릴게요. 때마침 이곳의 중앙 홀은 소리가 넓게 울려 퍼지기 좋은 구조로 되어 있군요."

"맞아. 노래를 더 크게 듣기 위해서지."

그녀는 허리를 곧게 세우고 배에 힘을 주어 음을 토해내 듯 입을 뗐다.

"쑥대머리… 구신형용 적막옥방의 찬 자리에 생각난 것이 임뿐이라! 보고지고 보고지고……."

"으음!"

춘향가 중에서 쑥대머리를 부른 그녀의 음색은 나타샤의 취향을 아주 제대로 저격하고 말았다.

나타샤는 구절구절 듣는 족족 눈물을 흘렸다.

"…좋구나! 정말 좋아!"

"만약 제가 원하는 악기들을 제작할 수 있다면 음을 더할 수 있을 텐데 아쉽네요."

"원한다면 만들어주마. 만약 나에게 원하는 것이 있다면 무엇이든 말해다오."

그녀는 나타샤에게 현대식 주방 기기와 놋그릇, 칠기, 도기,

부엌칼 등이 갖춰진 부엌에 대해 말했다.

"저는 이와 같은 곳이 필요합니다."

"그래, 그래! 더 필요한 것은?"

"죄송하지만, 제가 적어드리는 재료를 준비해 주시면 좋겠네요."

"알겠다! 금방 구해다 주마!"

나타샤는 거대한 날개를 펼쳐 어디론가 비행하더니 30분 만에 둥지로 돌아왔다.

그녀가 돌아왔을 때엔 거대한 보따리를 짊어지고 있었다.

보따리 안에는 선미가 원한 집기와 기구, 그리고 식재료가 전부 다 들어 있었다.

"어때? 이 정도면 괜찮겠나?"

"훌륭해요. 조금만 기다리시면 제가 맛있는 밥상을 차려 드릴게요."

"밥상?"

"음식이요. 식도락이 취미시라면 제가 해드릴 수 있는 한 가장 맛있는 요리를 해드리고 싶어서요."

"아아!"

팔을 걷어붙이고 요리에 몰두한 선미는 자신이 할 수 있는 최선을 다해 상을 차리기 시작했다.

그녀는 전라남도는 물론이고 경상도, 경기도, 함경도, 평안도 음식까지 다양한 한식을 상 위에 차려냈다.

워낙 손이 많이 가는 음식들이라서 차리는 데 족히 네 시간이 걸렸지만 그래도 자신이 원하는 것을 전부 만들어낸 그녀였다.

김이 모락모락 나는 한식을 앞에 둔 나타샤는 감탄사를 금치 못했다.

"이, 이것들은……?!"

"지구에서도 한국이라는 나라의 요리들입니다. 부디 입맛에 맞았으면 좋겠네요."

나타샤는 포크와 나이프로 떡갈비를 잘라서 따뜻한 밥과 함께 한입 머금었다.

꿀꺽!

"……!"

"어떠신가요?"

그녀는 다시 한 번 눈물을 흘렸다.

"…내 평생 이렇게 감격스러운 요리는 처음이군! 어떻게 하면 이런 맛이 날 수 있는 거지?!"

"정성이죠. 저는 당신이 맛있게 드시길 원하는 마음으로 요리를 만들었어요. 사람의 마음이 담긴 요리는 충분히 감동을 줄 수 있다고 저는 생각해요."

나타샤는 그녀에게 정중히 악수를 건넸다.

"인간들이 친구가 되는 방식은 이렇다고 들었다. 너는 앞으로 내 친구다."

"친구요?"

"…싫은가?"

"아니요! 좋아요! 당신과 같은 멋진 여성이 친구가 되어주신다니 영광이죠!"

"다행이군."

그녀는 선미에게 자신이 할 수 있는 것이 있다면 뭐든지 해주고 싶었다.

"원하는 것이 있다면 괘념치 말고 말해다오. 내가 도울 수 있는 것은 다 도와줄 테니."

"정말 감사해요. 앞으로 이곳에 머물면서 노래도 불러 드리고 음식도 해드릴게요. 다만 제가 고향으로 돌아갈 수 있도록 도와주세요."

"그래, 알겠다. 차원을 다시 넘어갈 수 있도록 힘써보겠다."

"고맙습니다!"

나타샤는 태어나 처음으로 친구라는 것을 사귀었고, 선미는 자신이 좋아하는 주는 기쁨을 다시 누릴 수 있게 되었다.

『무한 레벨업』 5권에 계속…

# 초대형 24시 만화방

신간 100%, 샤워실, 흡연실, 수면실(침대석), 커플석, 세탁기 완비

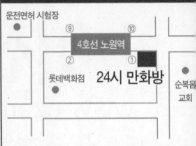
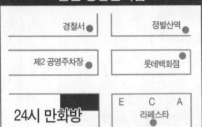
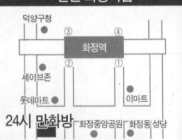
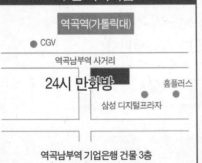
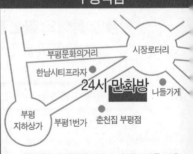

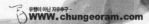

네르가시아 장편소설
FUSION FANTASTIC STORY

# 도시 무왕 연대기

글로벌 기업의 후계자 감태하.
탄탄대로를 걷던 그에게 거대한 음모가 덮쳐 온다!

## 『도시 무왕 연대기』

가장 믿고 있었던 친척의 배신,
그가 탄 비행기는 추락하고 만다.

혹한의 땅에서 기적같이 살아나
기연을 만나게 되는데⋯⋯.

**모든 것을 잃은 남자,
감태하의 화끈한 복수극이 시작된다!**

Book Publishing CHUNGEORAM

유행이아닌 자유추구 -
WWW.chungeoram.com

# MAJOR LEAGUER

메이저리거

FUSION FANTASTIC STORY

강성곤 장편 소설

꿈꾸는 자에게 불가능은 없다!

## 『메이저리거』

불의의 사고로 접어야만 했던 야구 선수의 꿈.
모든 걸 포기한 채 평범한 삶을 살던
민우에게 일어난 기적

"갑자기 이게 무슨 일이지?"

그의 눈앞에 나타난 의미 모를 기호와 수치들.
그리고 눈에 띈 한 단어.
'타자(Batter)'

**특별한 능력을 얻게 된 민우의
메이저리그 진출기가 시작된다!**

Book Publishing CHUNGEORAM

유행이 아닌 자유추구 -
WWW. chungeoram.com

박선우 장편소설
FUSION FANTASTIC STORY

# 멋진 인생

*Wonderful Life*

태어나며 손에 쥔 것이라고는 가난뿐.

그러나 내게는 온몸을 불사를 열정과
목숨처럼 소중한 사랑이 있었다.

『멋진 인생』

모두가 우러러보는 최고의 직장이자 가장 치열한 전쟁터,
천하그룹!

승진에 삶을 바친 야수들의 세계에서 우뚝 서게 되는
박강호의 치열하지만 낭만적인 이야기!

Book Publishing CHUNGEORAM

강준현 장편소설
FUSION FANTASTIC STORY
인생을
바꿔라
『복수의 길』, 『개척자』 강준현 작가의
2016년 신작!
자신이 무엇인지 알지 못하는 정신체, 염.
세상을 떠돌며 사람의 몸속으로 들어가
에너지를 얻고 나오길 반복하던 어느 날.
사고로 인한 하반신 마비, 애인의 이별 선언,
삶에 지쳐 자살하려는 김철의 몸에 들어가게 되는데……
"뭐, 뭐야! 아직도 못 벗어났단 말이야?"
새로운 삶을 살리라,
정처 없이 떠돌던 그의 인생 개척이 시작된다!
"어떤 삶인지 궁금하다고? 그럼 한번 따라와 봐."
Book Publishing CHUNGEORAM
유행이 아닌 자유추구 -
www.chungeoram.com

# 궁극의 쉐프

*Ultimate chef*

## 가프 장편소설

*FUSION FANTASTIC STORY*

태초의 우물에서 찾은 사막의 기적.
사람의 식성과 식욕을 색으로 읽어내는 능력은
요리의 차원을 한 단계 드높인다.

## 『궁극의 쉐프』

요리란!
접시 위에 자신의 모든 것을 담아내는 것.

쉐프란!
그 요리에 자신의 가치를 증명하는 사람.

*"요리 하나로 사람의 운명도 좌우할 수 있습니다."*

혀를 위한 요리가 아닌, 마음을 돌보는 요리를 꿈꾸는
궁극의 쉐프 손장태의 여정이 시작된다!

Book Publishing CHUNGEORAM

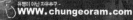

유행이 아닌 자유추구 -
**WWW.chungeoram.com**

철순 장편소설

FUSION FANTASTIC STORY

# 괴물 포식자

지구 곳곳에 나타난 차원의 균열.
그것은 인류에게 종말을 고하는 신호탄이었다.

## 『괴물 포식자』

괴물을 먹어치우며 성장한 지구 최강의 사내, 신혁돈.
그는 자신의 힘을 두려워한 인류에 의해
인류의 배신자라는 낙인이 찍히고 죽게 되는데…

[잠식이 100%에 달했습니다.]
[히든 피스! 잠들어 있던 피닉스의 심장이 깨어납니다.]

불사의 괴물, 피닉스의 심장은
신혁돈을 15년 전으로 회귀하게 한다.

## 먹어라! 그리고 강해져라!
## 괴물 포식자 신혁돈의 전설이 시작된다!

Book Publishing CHUNGEORAM